Eiertanz

TVZ

ACHIM KUHN (HG.)

Eiertanz

Geschichten von heute zu
Karfreitag und Ostern

Mit Illustrationen von Johanne Müller

TVZ
Theologischer Verlag Zürich

Publiziert mit freundlicher Unterstützung der
Evangelisch-reformierten Landeskirche des Kantons Zürich
und des Pfarrvereins des Kantons Zürich.

Der Theologische Verlag Zürich wird vom Bundesamt für Kultur für
die Jahre 2021–2024 unterstützt.

Bibliografische Informationen der Deutschen Nationalbibliothek
Die Deutsche Nationalbibliothek verzeichnet diese Publikation in der
Deutschen Nationalbibliografie; detaillierte bibliografische Daten
sind im Internet über http://dnb.dnb.de abrufbar.

Umschlaggestaltung
Mario Moths
unter Verwendung einer Grafik von Johanne Müller

Satz und Layout: Mario Moths, Marl

Illustrationen: Johanne Müller, Pfäffikon SZ

Druck: CPI books GmbH, Leck

ISBN 978-3-290-18447-6 (Print)
ISBN 978-3-290-18448-3 (E-Book)

© 2022 Theologischer Verlag Zürich
Alle Rechte bleiben vorbehalten

INHALT

Andrew Bond / **Es werde Lift** 7

Klaus Merz / **Stiller Has** 19

Monika Stocker / **Gespräch mit dem Osterengel** 23

Tilmann Zuber / **Vom ungläubigen Thomas** 29

Thala Theres Linder / **Mit dem Tod leben** 36

Matthias Krieg / **Die Wolke** 42

Michelle de Oliveira / **Grossmutters Garten** 49

Barbara Oberholzer / **Brill** 55

Adolf Muschg / **Ostern?** 59

Linard Bardill / **Auf diesen Tod kannst du bauen** 76

Catherine McMillan / **Der Vorhang** 81

Achim Kuhn / **Leere Seelen** 87

Esther Straub / **Dazwischen ein Tag** 98

Hans-Rudolf Merz / **Ernst-Ulrich Buff** 103

Susanne-Marie Wrage / **Mariechens Himmelfahrt** 108

Christoph Sigrist / **Neuland** 114

Felix Reich / **Der Abstieg (eine Liebesgeschichte)** 119

Autorinnen und Autoren 130

ES WERDE LIFT / *Andrew Bond*

Karfreitag sollte eigentlich besinnlich sein.

Vor allem, wenn man umzingelt ist von Bibeln.

Aber der Tag begann mit einem bissigen Streit und endete in der Klemme – und zwar im wahrsten Wortsinn.

Ernesto wusste weder ein noch aus – auch das im wahrsten Sinn des Worts.

Wie sollte er da bloss wieder rauskommen?

Lebend.

Wer sich von der berühmten Kette unglücklicher Umstände entfesseln will, muss die Kette inspizieren, Schwachpunkte suchen, Bruchstellen.

Und Ernesto hatte plötzlich mehr als genug Zeit um nachzudenken.

Aber am besten der Reihe nach.

Es war Karfreitag und Angie war am Morgen gestresst gewesen, weil sie vergessen hatte, Nylonschnur und Drachenpapier fürs Osterlager zu kaufen, und jetzt waren die Geschäfte geschlossen. Ernesto selber war ohnehin schon die ganze Woche gestresst gewesen. Zum ersten Mal seit vielen Jahren fuhr er nicht mit ins Lager, und das warf Angie ihm vor.

Er sagte, er würde hundert Mal lieber im Lager dabei sein als diesen dämlichen Estrich zu räumen. Der Estrich und das ganze Projekt sei wirklich dämlich, schrie Angie zurück. Das traf Ernesto zutiefst. Er erwiderte aber nichts. Sie fuhr ohne Verabschiedung ins Lager.

Streiten gehörte nicht zu seinen Kernkompetenzen. Zwei Monate vor der Hochzeit war es wohl auch besser, nicht unnötig Schlamm aufzuwühlen.

Aber das war nicht der Reihe nach.

Die ersten Glieder dieser Unglückskette waren schon früher geschmiedet worden, viel früher. Ernesto hatte nämlich das Flair, immer wieder in Fettnäpfchen zu treten, wenn es um die Bibel ging.

Als Vierjähriger verschönerte er an einem Regensonntag etliche Bilder der Kinderbibel. Dazu übermalte er alle bösen Tiere mit schwarzen Flugzeugen, zum Beispiel die Krokodile, die Noahs Arche bestiegen, den Wal, der Jona verschluckte, oder die Löwen, die mit Daniel in der Grube waren. Sämtliche Kamele wurden mit einem dicken Stift übermalt, denn seit einem Besuch im Zoo waren ihm Kamele unheimlich. Und es gibt viele Kamele in Kinderbibeln. Klein Ernesto war stolz, als er fertig war und seinen Eltern das Werk präsentieren konnte.

Dann kam der Schock. Es gab die erste wirklich laute Schimpftirade seiner Eltern, an die er sich erinnern konnte. Sein Verhältnis zur Bibel wurde erstmals getrübt.

In der dritten Klasse dann besprachen sie im Unterricht das Buch der Bücher. Wer zu Hause eine besondere Bibelausgabe hatte, durfte diese mitbringen. Ernestos Familie besass eine prächtige, barocke Familienbibel. Auf den ersten Seiten waren seit 1711 die Namen vieler Generationen in kunstvollen Schriften verewigt. Ernesto fand, sein Name gehöre da auch dazu. Er schrieb *Ernesto D'Amelio* in seiner schönsten Handschrift ans Ende der Liste. Aber auch das war keine gute Idee gewesen. Gar keine gute Idee.

Trotzdem engagierte sich Ernesto später in der kirchlichen Jugendarbeit und besuchte nach der Berufslehre eine Bibelschule. Wenn es um Menschen und den Glauben ging, ums Zusammensein und um das Gestalten der Welt, dann blühte er auf.

Aber auch in der Bibelschule trat er in einen grossen Fettnapf. An einem interreligiösen Dialog über Heilige Schriften sassen sie zu zwölft im Kreis, jede Person mit einem anderen Buch auf dem Schoss: Bibel, Thora, Koran, Bhagavad Gita, das Buch Tao und andere. Ernesto war nie ein Weltmeister im Stillsitzen gewesen. Er rutschte auf seinem Stuhl hin und her. Irgendwann legte er seine Bibel auf den Boden und dann – er konnte sich danach nicht erklären, weshalb – stellte er einen Fuss drauf.

Eine jüdische Frau war entsetzt. Sie zeigte auf Ernestos Fuss und rief, sie könne es nicht fassen und sie wolle nicht mit gottlosen Menschen im selben Raum sein. Dann verliess sie die Gruppe fluchtartig. Der Rest der Diskussion artete aus in einen erhitzten Streit über Heuchler wie Ernesto, die ihre Heiligen Bücher nicht ehrten, über Scheingläubige und Glaubensverräter. Die Kreuzzüge wurden aufgeführt, die Inquisition und die Eroberung Südamerikas, der Holocaust und der Islamische Staat.

Wegen Ernestos Fuss hielt die Veranstaltung leider nicht, was sie versprochen hatte. Zu dieser Unglücksserie gesellten sich nun die aktuellen Ereignisse der letzten Tage.

Ernesto hatte eine Stelle als Oberstufenreligionslehrer gefunden. Das war zwar anspruchsvoll, aber meist sehr befriedigend. Nun stand eine Renovation des Schulhauses bevor. Das Dach sollte isoliert und mit Solarzellen versehen werden. Mauern würden verschoben, um Platz für grössere Klassenzimmer und Gruppenräume zu schaffen. Das Fachlehrerzimmer musste dem Umbau leider weichen, aber

Ernesto und die Schulsozialarbeiterin durften sich dafür im Estrich eine eigene Oase einrichten mit Platz für den Unterricht und für Freizeitveranstaltungen.

Das Umbauprojekt hatte schon übermässig viel Zeit und Energie gekostet. Nun musste in den letzten beiden Schultagen vor den Frühlingsferien nur noch der Estrich geräumt werden. Da gab es einen Kleinzoo ausgestopfter Tiere, ganze Welten von verstaubten Bühnenbildern, altes Schulmobiliar, kistenweise antiquierte Lehrmittel, verrostete Scheinwerfer und vieles mehr. Der Aufwand, all dieses Material die vier Stockwerke hinunterzutragen, war immens, obwohl ganze Schulklassen damit beauftragt wurden. Der Lift war ausserdem unzuverlässig geworden und war deshalb schon seit einiger Zeit tabu.

Am Abend des ersten Räumungstags lag kaum ein Viertel der Ware in den Mulden für Sperrgut. Am zweiten Tag liess Ernesto deshalb die Mulden auf den Pausenplatz stellen und grossräumig absperren. Die Schülerinnen und Schüler durften sodann die Ware aus dem dritten Stock zum Fenster hinaus in die Mulden werfen.

Das war ein Riesengaudi. Die Jugendlichen hatten grossen Spass dabei und arbeiteten um einiges schneller als am Vortag.

Aber dann gab es Ärger. Erboste Nachbarn beklagten sich über den Lärm. Der Herr, der den Protest anführte, war weitum unter dem Pseudonym Mister Spassbremse als Stänkerer bekannt. Er reklamierte bei jedem Dorfanlass, protestierte gegen Lautsprecher, gegen Schiedsrichterpfeifen am Sporttag oder gegen Chorproben bei offenen Fenstern. Dieses Mal war Mister Spassbremse noch aufgebrachter als sonst, denn zuoberst auf der Mulde lagen Dutzende von alten Schulbibeln, die von den Kindern mit grossem Juhe zum Fenster herausgeworfen worden waren. Mister Spassbremse drohte mit einer doppelten Anzeige wegen Ruhestörung und wegen

Störung des religiösen Friedens. Er verlangte zu erfahren, wer für diese Schandtat verantwortlich sei.

Ernesto versuchte zu erklären, dass diese Bibelausgabe veraltet wäre und man schon vor langer Zeit neue Bibeln für den Unterricht angeschafft hätte, aber er kam kaum zum Wort.

Die Schulleitung konnte schliesslich die Wogen glätten, aber die Wurfparty war vorbei und die Stimmung sank vom Estrich in den Keller.

Trotzdem war der Dachstock bei Schulschluss am Gründonnerstag geräumt. Es blieben bloss noch einige Kisten mit Bibeln, die Ernesto am Karfreitag unauffällig mit seinem Auto abholen wollte. Er wunderte sich, wer wohl aus welchem Grund so viele Schulbibeln gehortet hatte. «Kein Wunder ist die Bibel das meistgedruckte Buch der Welt», dachte er, «wenn in den Abstellkammern so viele ungenutzt herumliegen.»

Am darauffolgenden Morgen kam der Zoff mit Angie und beschäftigte Ernesto für den Rest des Tags. Lustlos unternahm er im Schulhaus die letzten Arbeiten. Er hatte keine Energie fürs Schleppen der verbliebenen Bibeln. Also stapelte er die Kisten in den Lift. Und das war ein Fehler, sozusagen das schadhafteste Glied in der Unglückskette, denn nach wenigen Fahrsekunden blieb der Lift stecken. Als hätte ein kosmischer Energiesauger plötzlich sämtliche Wellen verschluckt, steckte Ernesto in einem schwarzen Loch. Keine Bewegung, keine Töne, kein Licht, nicht mal vom Alarmknopf.

Er stiess ein paar unheilige Worte aus und tastete nach seinem Mobiltelefon, das jedoch im Auto geblieben war. Es gab weitere unheilige Worte, begleitet von Schlägen und Tritten gegen die Lifttüre.

«Hallo, hallo, ist jemand im Haus? Hilfe, ich bin eingesperrt.»

Nichts.

«HALLO, HALLO, IST JEMAND IM HAUS? HILFEEEE, ICH – BIN – EIN-GE-SPERRT.»

Immer noch nichts ausser finsterer Ruhe.

«Shit! Was mache ich denn jetzt?», rief er verzweifelt. In Film gibt es jeweils eine kleine Notklappe im Liftdeckel. Ernesto schob die Bibelkisten umher und tastete im Dunkeln die Decke ab. Doch da liess sich leider nichts bewegen.

Er öffnete eine der Kisten, nahm eine Bibel heraus und begann, damit gegen die Türe zu schlagen. Nach einigen Minuten dachte er, es sei wohl besser, einen unregelmässigen Rhythmus zu schlagen. Das würde eher auffallen. Aber es war niemand da, dem etwas hätte auffallen können. Ernesto trommelte, dann rief er wieder eine Weile, dann trommelte er erneut.

Je länger er lärmte, umso lauter dröhnten die Schläge in seinen eigenen Ohren. Seine Stimme wurde heiser. War schon eine Stunde vergangen? Zwei?

Ernesto sank hin und versuchte, sich zu entspannen.

Er musste pinkeln. Super! Welche Ecke sollte er wählen? Oder sollte er auf die Bibeln pinkeln? Die waren ja schliesslich schuld an seiner Misere. Sie allein.

Die heilige Bibel, Begleiterin, Lehrerin, Trösterin, Inspiration der Christenheit. Aber wehe man bleibt mit ihr im Lift stecken. Dann ist sie für nichts gut, für rein gar nichts.

Auf der allerersten Seite schafft Gott Himmel und Erde. Er trennt das Licht von der Dunkelheit und hat Freude am Licht, denn es war gut. Das konnte Ernesto jetzt sehr gut verstehen. Gott hatte bis zur Schöpfung auch in der Finsternis leben müssen.

Plötzlich ging Ernesto ein Lied durch den Kopf: «Gottes Liebe ist wie die Sonne. Sie ist immer und überall da-haa...»

Es war ihm zuvor noch nie aufgefallen, wie halb wahr dieser Satz ist. Erzähl das mal im November einem Grönländer! Oder einem Religionslehrer in einem kaputten Lift. Nein, die Sonne war nicht da, sondern weit weg. Und hier würde sie auch nie scheinen. Nie!

Ernesto versuchte, auf andere Gedanken zu kommen, ruhig zu bleiben, aber mit seinem mittlerweile tiefen Blutzuckerspiegel waren positive Gedanken schwieriger zu finden als etwas zu essen in einem steckengebliebenen Lift.

Er gab wieder ein nutzloses Bibeltrommelkonzert zum Besten, bis er sich erschöpft fallen liess und einnickte, um Stunden später frierend zu erwachen.

Energisches, wutentbranntes Trommeln wärmte ihn wieder auf, aber das war auch schon alles.

Ob wohl schon Samstag war?

Es gab Leute, die freiwillig tage- oder wochenweise in die Dunkelheit gingen um ... Ähm ... Tja, warum eigentlich genau? Wahrscheinlich ging es um Meditation, darum sich nur mit sich selbst und seinem Inneren zu beschäftigen. Darauf hatte Ernesto null Lust und er wusste, das würde nicht gut enden. Solche Kasteiungen und mystischen Übungen waren nichts für ihn. Und doch steckte ausgerechnet er in einer solchen Klausur.

Andere Leute schlugen in Lebenskrisen wahllos die Bibel auf und liessen die Worte zu sich sprechen. Ernesto atmete tief durch. Das war eher sein Ding. Er versuchte, dies mental zu tun, und liess Bibelverse vor seinem inneren Auge aufleuchten.

«Das Volk, das im Finsteren wandelt, sieht ein grosses Licht.»

Na, danke sehr, wie hilfreich.

Psalm 139 tauchte auf: «Sage ich: Finsternis soll mich bedecken, rings um mich werde Nacht – für dich ist auch die Finsternis nicht dunkel, und die Nacht ist so hell wie der Tag.» – «Dann bitte tue etwas!», schrie Ernesto heiser. «Beweise mir das, Herrgottimhimmel!»

War das nun ein Stossgebet oder ein Fluch? Es war wohl beides.

Dann kam ihm das Gleichnis vom verlorenen Schaf in den Sinn. Vermisste ihn denn niemand? Vermutlich nicht. Angie war im Lager zusammen mit ihren gemeinsamen Freundinnen und Freunden. Für seine Familie waren *no news good news*. Die Lehrerkollegen waren in ihren Ferienhäusern, am Grillieren, beim Sport oder weiss der Geier wo!

Ach, die Geier. Immerhin konnten sie ihn im Lift nicht finden. Wenn die Schule nach den zwei Ferienwochen wieder aufginge, würde man einen süsslichen Geruch bemerken.

Galgenhumor.

Und vom Galgen war es nicht weit bis nach Golgota.

«Mein Gott, mein Gott, warum hast du mich verlassen?», schrie es jetzt auch in Ernesto – minutenlang, stundenlang. Und irgendwann ging ihm auf, dass er ja seine persönlichen Ostern durchmachte. Er war wie Jesus unfreiwillig und als Ergebnis einer Kette unglücklicher Umstände eingesperrt worden. Aber anders als bei Jesus war seine Gruft kaum Etappe eines göttlichen Heilsplans.

Wie oft hatte er das österliche Geschehen Kindern erklärt? Etwa wie das scheinbare Ende einer Raupe, die sich einschliesst, um danach erst recht zu leben und zu fliegen. Oder als Zyklus einer Pflanze, die abstirbt und nach dem Winter aus einer verdorrten Zwiebel wieder aufblüht. Und wie oft hatte er den Satz gehört, dass das Leben erst angesichts des Tods Sinn mache?

So nahe war er dem eigenen Tod noch nie gewesen. Er fühlte sich schwer, unheimlich schwer. Vielleicht war es dieses Gewicht, das das Lamm trug, das Lamm Gottes, «der du trägst die Schuld der Welt». Wenn es gelänge, diesen Ballast in ein Grab zu schleppen und sich dort davon zu befreien, alles abzustreifen und wie ein Schmetterling davon zu fliegen, dann wäre der Tod besiegt. Oder zumindest die Angst vor dem Tod. Und das Leben wäre ein besseres.

Ernesto quälten Durst und Hunger und Ängste, kalte Schweissausbrüche und unkontrolliertes Zittern, bittere Gedanken und Schreckensbilder.

Einige Bibeln befreiten sich von allein aus den Kisten und prügelten auf ihn ein: «Das hast du davon, du Ketzer, du Bibelschänder! Jetzt kommt unsere Rache faustdick!»

Andere Bibeln mischten sich ein und wehrten sich für Freund Ernesto. Sie stritten untereinander und Ernesto versuchte, sich in einer Ecke zu verkriechen. Aber die Klagebibeln zerrten ihn heraus und schleppten ihn vor Gericht.

Dort gerieten sich Samson und Judas in die Haare über Sinn und Unsinn der Todesstrafe. Salomon trat mit einem Schwert auf und Lazarus flüsterte Ernesto Durchhalteparolen zu. Schliesslich rief der Jünger Thomas: «Wer ohne Zweifel ist, werfe die erste Bibel.» Und alle platzten. Der Gerichtsschreiber Matthäus blickte zum Angeklagten und sagte: «Was wartest du auf Lift? Ihr seid das Lift der Welt» – und verschwand.

Ernesto schmerzten Schädel, Glieder und Seele.

War es nun Samstag, Sonntag, Montag?

Wer er noch am Leben oder schon tot oder halb-halb?

Es folgten Stunden im Delirium, in denen Ernesto all das sah, was ihn ins Leben zurückzuziehen versuchte. War dies bereits das sagenhafte Licht am Ende des Tunnels? Er sog die Bilder und Sehnsüchte auf: Angie. Hautkontakt. Kinderlachen. Morgensonne. Joggen. Düfte. Tomaten. Orte, die er noch sehen wollte. Vater werden. Musik hören. Wellen reiten. Drachen fliegen. Immer wieder sah er Drachen fliegen, spürte den Wind im Gesicht und blickte in den Himmel. Er sah die Wolken wandern. Diese lächelten ihm zu: «Wir sind bereit für dich. Bist du auch bereit?»

Nein, das war er nicht. Es gab noch so viele Stränge dieser dicken Lebensschnur, die ihn zurückhielt. Wenn er hier herauskommen sollte, dann würde er ganz anders leben wollen, bewusster, dankbarer, offener, unkomplizierter, wacher, demütiger, engagierter.

Er würde mit seinen Freunden und seiner Familie leben und leiden und lachen, ihre Nähe und ihre Stimmen geniessen.

Stimmen?

Hörte er tatsächlich Menschen oder war das bloss seine Fantasie?

«ER-NES-TO!», riefen die Stimmen. «ERR-NESS-TOOOOO!»

Ernesto packte mit jeder Hand eine Bibel und begann frenetisch zu trommeln. Bald waren die Retter ganz in seiner Nähe.

Ernesto erfuhr, dass es ausgerechnet Mister Spassbremse gewesen war, dem das offene Auto auf dem Schulhof aufgefallen war, und der am Sonntag früh die Polizei benachrichtigt hatte. Es würde aber eine Weile dauern, bis die Techniker vom Notfalldienst vor Ort seien.

Licht. Es werde Licht! Und er brauchte vor allem dringend etwas zu trinken. Und eine Dusche. Und Angie. Er würde ihr eine dieser Bibeln schenken und ihr erzählen, was sie ihn gelehrt hatte. Obwohl kaum Teil eines Heilsplans, war seine Zeit in der Gruft heilsam. Er wusste schon lange, dass er in den Buchstaben seines Vornamens Ostern trug. Ernesto: Ostern.

Er würde seine erlittene Passionsgeschichte von nun an auf seine Lebensfahnen schreiben und diese mit bunten Drachen aufsteigen lassen. Seine persönliche Passion würde es sein, die Welt zu umarmen, ihr Lasten abzunehmen, wo er konnte, und damit etwas Licht zu bringen.

STILLER HAS / *Klaus Merz*

Hoher Mittag. Die Osterglocken hatten ausgeläutet und die Kunde vom Auferstandenen machte in unserer Familie wie jedes Jahr noch einmal die Runde, bevor es endlich ans *Eiertütschen* ging.

Ostern, das hiess für uns vor allem kurze Hosen und Kniesocken, erinnerte aber trotz anstehendem Rollschuhlaufen und Federballspiel immer auch an jenen vorbildlichen Menschen aus Nazaret, einem kleinen Dorf in Südgaliläa, den uns Grossmutter fast leibhaftig und stets wieder auf wunderbare Weise nahe zu bringen wusste.

Unterm Stichwort *Western* traf ich dann Jahre später auf eine plausible Fortschreibung von Grossmutters Geschichte. Der Film hiess *High Noon*, sein Spielort in der Neuen Welt war Hadleyville und der mutige Sheriff, der im entscheidenden Augenblick ebenfalls von allen verlassen wird, wurde dargestellt von Gary Cooper, dem seine jungfräuliche Braut, Grace Kelly, Gott sei Dank, dann doch noch zu Hilfe eilt gegen Frank Miller, diesem schamlosen Banditen.

Natürlich werden Sie sich jetzt womöglich fragen, ob es nicht langsam an der Zeit sei, sich endgültig und unwiderruflich von sämtlichen Cowboyfilmen zu verabschieden und sich in dieser von Gewalt strotzenden Welt ein für alle Mal – und nicht nur beim Eiersuchen – anstatt auf einen *Western* wieder mit Entschiedenheit auf *Ostern* zu konzentrieren.

Ja, ich wäre sofort bereit zu diesem Schritt, fiele mir nur die Abkehr von Sheriff Kane und seinem aufrechten Gang durch dieses elende, menschenleere Kaff hinter Nebraska nicht so unheimlich schwer. Denn diese Hohe Stunde der Filmkunst, Zinnemannscher Könnerschaft und ziviler Courage haben mich, nahtlos an Grossmutters biblische Geschichten anknüpfend, bis heute noch nicht ganz aus ihrem Bann entlassen. Sodass ich mich jetzt, anstatt Gary Cooper oder auch den Mann aus Nazaret doch noch verraten zu müssen, wie es zu solchen Geschichten ja zumeist gehört, für die Fortsetzung meiner Ostergeschichte lieber in die Wälder meiner Kindheit schlage. Zu den unbescholtenen Hasen.

Wir betraten das Unterholz erst, als der Gang durch Wiesen und Felder unergiebig geblieben war. Kein Reh, kein Hase weit und breit. Die örtliche Jagdgesellschaft war uns wie so oft zuvorgekommen und hatte mit Hörnern und Treibern und Schrot unser ganzes Revier bereits leergefegt. Wir aber standen auf der Seite des Wilds, hätten es gerne beobachten, zählen und warnen wollen. So jedoch drohte unsere sorgfältige Naturbuchhaltung wieder einmal gründlich ins Rutschen zu geraten.

Der Schriftführer unserer Pirschgänge hiess Hans, er war mein Freund und ein Naturforscher wie ich, nur hing mir anstelle seines Bleistifts die *Agfa Isolette* mit dem versenkbaren Balg um den Hals. Für die Bilder vom Wild und vom Wald. *Zwei junge Jäger ohne Flinten* schwebte uns als Titel für unser gemeinsames «Weid-Werk» vor. Wir waren gerade zwölf Jahre alt geworden.

«Hohe Fluchten» hatte Hans unter eines meiner Bilder geschrieben, das gefiel mir, auch wenn meine Fotos meistens nur Äcker zeigten oder Wald. Von den fotografierten Tieren war für das Auge eines Gewöhnlichsterblichen kaum etwas zu erkennen, nur wir beide wussten stets genau, wo sie auszumachen waren.

Der blosse Anblick der scheuen Tiere elektrisierte uns immer wieder aufs Neue. Wahrscheinlich waren wir Süchtige vor der Zeit. Reh- und hasensüchtig, fuchstoll.

Aber dieser Herbsttag war nicht unser Tag. Ich fotografierte Freund Hans vor einem Ameisenhaufen, und wir schwangen uns auf die geparkten Fahrräder, um enttäuscht nach Hause zurückzukehren, als doch noch ein kleiner Hoppler über der Kuppe auftauchte und direkt auf uns zuhielt.

«Das ist unser Hase», sagte Hans und trat in die Pedalen. Wir nahmen in immer schnellerer Fahrt seine Verfolgung auf. Doch als wäre das flüchtende Tier von allen guten Geistern verlassen und als hätte es seine sämtlichen Haken und Tricks auf der Stelle vergessen, floh es wie auf Schienen brav dem vor uns liegenden Feldweg entlang – und liess uns damit eine Chance: Wir bliesen zur Jagd, gnadenlos, jauchzten, schnauften, schwitzten. Da riss es den kleinen Hasen, keine fünf Meter vor unseren Vorderrädern und exakt unterm grossen Feldkruzifix, hoch in den Himmel hinauf. Dann fiel er tot vor unsere Füsse zurück. Mit stillgestandenem Herzen.

Die Luft über der Talsenke war wie abgesaugt. Wir liessen die Räder ins Gras sinken und gingen neben dem toten Tier auf die Knie. – Durch unsere frühe Passion und ungestüme Jagd nach der «angebeteten» Kreatur waren wir unverhofft über den Lebensrand hinausgeraten – und rangen nach Atem. Aber unsere tiefe Bestürzung vor dem nahen, dem toten, dem leibhaftigen Wild verwandelte sich schon bald in eine eigenartige Verwunderung und in ein fast unanständiges Glück: So ernst hatten es Feld und Wald und Wild noch nie gemeint mit uns beiden. Wir schoben dem

Tier einen Buchenzweig ins Gefräss und gruben für den Hasen ein Grab. – Aber manchmal an Ostertagen stelle ich mir eine regelrechte Auferstehung vor: Eher schwarz-weiss als in Farbe. Und unser Hase ist auch dabei. Wild und mit langen Ohren.

GESPRÄCH MIT DEM
OSTERENGEL / *Monika Stocker*

Es muss ihn geben, den Osterengel.
Er ist mir in diesen besonderen Tagen auch begegnet, nicht
nur fröhlich, nicht nur entspannt. Auch Engel haben ihre
Stresszeiten.
Ich bat ihn auf meine Terrasse, mitten in der Grossstadt, im
Kreis 4. Unser Gespräch tat mir gut – vielleicht ihm auch?

Ostern scheint eine besondere Sache
Mich dünkt
Sie seien heute so festlich
durchsichtiger irgendwie
Dabei ist dieses Fest schwierig für uns
die handfesten Realisten von heute

Wir geniessen zwar die vier freien Tage, klar
auch der Konsum ist prächtig
Schokolade ist unser Exportprodukt
Und Eier, nun ja, da können wir bestätigen, dass bei uns
auch Hühner glücklich sind

Aber sonst?

Ostern, das geht ja noch
Da stellen sich Frühlingsgefühle ein
Hoffnungen auf das Neue
Es wird warm, hell, fröhlicher

Aber was davor kommt
das möchten wir auslassen
Karfreitag?
Sie schmunzeln
Ich weiss, das möchten alle
Auch damals
war das wohl nicht begehrt

Und was davor war, das wissen wir auch
Ein Hosanna-Rufen
Da wären unsere Fernsehstationen aber ganz nah dabei
Und wenn sie wissen, wissen könnten
dass dann der Absturz kommt
würden sie ein Exklusivinterview machen

Und den Hochverrat
das kennen wir doch auch
Feige
Für ein paar Silberlinge
Oder ähnliche Gelder
Oder Bekanntheit
Oder Wichtigtuerei
Oder im Rampenlicht-Stehen
Oder An-der-Hintertür-Verhandeln

Und auch das Leugnen der eigenen Erkenntnisse kennen wir
Das ist gang und gäbe

Es ist ja so einfach mitzumachen
der herrschenden Meinung zuzustimmen
und dem Zeitgeist zu huldigen
Sich dagegen stellen
das kostet viel
Meist zu viel
Den einen gar das Leben
Den andern eigentlich nur die Karriere
aber wenn das verwechselt wird
das eine zum andern wird
dann werden Feigheit und Mitmachen
schon fast epidemisch

Der Hahn müsste nicht so oft krähen
Da genügen Schlagzeilen
Da genügen ein paar Indiskretionen
an die richtige Adresse
Und voilà:
Die Sache ist gelaufen

Dass die Besatzungsmacht die Hände in Unschuld wäscht
auch das hat bei uns Tradition
Wir sagen dem natürlich nicht so
Wie käme das auch an
Aber so ein bisschen beherrschen
ein bisschen Macht- und Druckmittel einsetzen
Nun ja, das ist schon gang und gäbe
Wer will denn da nicht das Volk befriedigen?

Und peitschen
mit Dornen krönen
verhöhnen

das gibt es nur noch in Sadomasokreisen
Dafür wird sogar bezahlt
Sonst aber: Nein, nein, da sind wir heute entschieden weiter

Sie lächeln wieder und schütteln die Flügel
Aha, Sie sehen das wohl in einer andern Perspektive?
Und ja
klar
verhöhnen kennen wir
Kronen aller Art gibt es auch und Schläge ja auch
aber wir haben es gern unblutig
und diskret
viel diskreter als damals

Und dann gibt es noch die Geschichte von den wirklichen Verbrechern
die da auch hingerichtet worden sind
Da sind wir auch gut, im Unterscheiden
Wir sagen immer
zu den wirklich Armen sind wir nett
zu den wirklichen Flüchtlingen grosszügig
zu den wirklich ... und wir wissen da ganz genau Bescheid
wer wohin gehört
Es verwirrt, dass damals die drei am Kreuz so ganz anders miteinander sprachen
vertraut, so irgendwie «im selben Boot»
und mit geteilter Hoffnung

Und es sollen auch Frauen dabei gewesen sein,
auf dem Weg ein Schweisstuch gereicht haben
Das hätte lebensgefährlich werden können
Kollaboration mit dem Feind

Oder mindestens blauäugiges Mitleid
(blauäugig ist bei uns ein Schimpfwort, müssen Sie wissen)
Und dann unter dem Kreuz die Mutter und vielleicht seine Partnerin
Und sie bleiben
Sein Freund auch
Ob verhöhnt
ob von den Soldaten geschmäht
sie waren da, einfach da
Eine Mahnwache
Noch heute ein starkes Zeichen
Auch das braucht (schon wieder) Mut

Und die Verzweiflung derer, die doch dazugehören wollten
die doch seinen Erfolg
und seine Zukunft miterarbeitet hatten
Sie versteckten sich
hatten ganz einfach Schiss
Ich versteh das
Das ist menschlich
Ist zwar traurig, aber nachvollziehbar
Wenn es drauf ankommt
sind es nicht mehr viele
die da sind
Das weiss man

Und schliesslich die Frauen, die zum Grab gingen
Sie wollten ihn salben
ihn umsorgen, so gut es noch ging
Auch das ist vertraut
Es ist manchmal so wenig
was noch möglich ist

Und das tun nur wenige
Aber immerhin
Es muss schon ein Schreck gewesen sein:
Ein leeres Grab
Wo gibt es denn so was?
Das ist ja ...
Ob da auch die Fernsehkamera kommt
wenn mal etwas weg ist?
Einfach nicht mehr da
leer
und wo Glauben an eine andere Sicht
eigentlich nicht mehr sichtbar ist
Das kann man nicht filmen
ein SMS über die Agenturen muss da genügen
verunsichert wie man ist
Man will sich ja nicht lächerlich machen

Ach, ja Ostern, ein schwieriges Fest
Wir feiern es, noch

Sie hören mir zu
Sie lächeln
Und Sie nicken

Eine Schnittstelle wohl zwischen Ihrer Welt und der unseren
Ich freue mich
dass es sie gibt

VOM UNGLÄUBIGEN
THOMAS / *Tilmann Zuber*

Der Frühling kam in diesem Jahr früh. Am Morgen glitzerte der gefrorene Tau im Gras und die Luft war merklich wärmer. Je länger der März andauerte, umso mächtiger wurde die Sonne. Zwischen dem modernden Laub streckten Primeln, Krokusse und Winterlinge verschämt ihre Köpfchen hervor, während strahlende Tulpen und Narzissen in Reih und Glied auf ihren grossen Auftritt warteten.

Wenn die Tage wärmer wurden, trat Frau Kunz nach dem Mittagsschläfchen in den Garten und besuchte ihre Blumenkinder, wie sie diese nannte. Sie schritt aufrecht den Beeten entlang. Das Kinn leicht erhoben, die Lippen zusammengekniffen inspizierte sie die Knospen und brach da und dort einen toten Trieb raus. Je länger sie im Garten weilte, umso mehr erlag sie dessen Schönheit. Sie bückte sich und schob liebevoll da und dort ein welkes Blatt zur Seite, um den Primeln den Weg zum Licht zu öffnen. Schwerfällig erhob sie sich, drückte ächzend ihren Rücken durch, während ein Lächeln über ihr eingefallenes Gesicht huschte.

Doch in diesem Jahr blieben die Lippen zusammengekniffen, kein Lächeln huschte über ihr Antlitz. Denn dieser Frühling war anders. Zuerst war da ein Gefühl der Schwere in der Magengegend, als hätte Frau Kunz am Vorabend etwas Fettiges gegessen. Doch seit ihr Mann gestorben war, ass sie am Abend meist nur ein Himbeerjoghurt und eine Scheibe Schwarzbrot.

Je länger Frau Kunz darüber nachdachte, desto klarer wurde ihr, dass es nicht am Essen lag, sondern am Traum der letzten Nacht. Ein sonderbarer, verschwommener Traum, der sich allmählich zu schemenhaften Bildern verdichtete, dann zu Szenen. Zuletzt erinnerte sich Frau Kunz, dass ihr Gott erschienen war und ihr seinen Besuch angekündigt hatte. «Ausgerechnet mir», schmunzelte sie, die so selten in die Kirche ging, und wenn, dann zum Seniorennachmittag, weil Dorli darauf bestand, dass sie mehr unter die Leute gehen müsse. Sie werde ansonsten noch ganz *stigelisinnig*.

Der sonderbare Traum ging Frau Kunz nicht aus dem Sinn, er beunruhigte sie. Sie beschloss, den Pfarrer um Rat zu fragen. Gesagt, getan: Am nächsten Sonntag sass Frau Kunz ganz hinten in der Kirche unter der Empore, dort, wo die Konfirmandinnen und Konfirmanden die Köpfe zusammensteckten und tuschelten. Unsicher blätterte sie im Gesangbuch, «Grosser Gott wir loben dich», das kannte sie aus ihrer Jugend. Auf der Kanzel predigte der junge Pfarrer vom Einzug des Herrn in Jerusalem und wie das Volk ihn huldigte. Oder war es Christus, der auf dem Esel sass? Oder Gott persönlich? «Item», seufzte Frau Kunz leise in der Kirchenbank.

Der Gottesdienst zog sich hin und je länger der junge Mann predigte, umso mehr glaubte Frau Kunz, hier eine Antwort zu erhalten. Sobald der letzte Akkord der Orgel verklungen war, eilte sie zum Ausgang, wo der Pfarrer die Hände schüttelte. Als sie vor ihm stand, schaute der sie erwartungsvoll an. Sie vermied seinen Blick und nuschelte: «Gott nn, ww beschen.»

Der Geistliche neigte sich vor, um sie besser zu verstehen. Frau Kunz sah verschämt zu Boden, auf die Granitplatten, die unzählige Schritte blank poliert hatten – dann platzte es aus ihr heraus, klar und deutlich wie die schmetternde Fanfare am Tag des Jüngsten Gerichts: «Gott will mich besuchen.» – Schweigen.

Frau Kunz richtete sich auf. Der Pfarrer sah sie ratlos an. «Ja, der Herrgott, persönlich!», schob Frau Kunz rasch nach. «Schön», sagte der Pfarrer, und nochmals «schön», wobei er den Kopf leicht zur Seite neigte und sie mitleidig musterte. Er zog das «ö» so penetrant in die Länge, dass in ihr eine schreckliche Ahnung aufstieg, von weiss gekleideten Pflegern, die ältere Damen in Zwangsjacken durch die langen Gänge schleiften.

Doch so schlimm kam es nicht. In der Sakristei erklärte ihr der Pfarrer später, dass zu biblischen Zeiten der Herrgott auf der Erde wandelte, von einer Ecke zur anderen, und parlierte, von Du zu Du. Seit der Aufklärung halte sich der Allmächtige bedeckt und mache sich rar. «Und warum sollte Gott ausgerechnet Sie besuchen?», fügte er noch an. Das leuchtete Frau Kunz ein. Sie beschloss, die Angelegenheit zu vergessen, so wie sie es tat, wenn sie beim Glückslos eine Niete zog.

Doch in der nächsten Nacht, als sie sich unruhig im Bett hin und her wälzte, sprach Gott abermals zu ihr. Als sie am Morgen aufwachte, wusste sie, dass der Herr sie heimsuchen würde. Frau Kunz dachte an Maria, die Mutter Jesu, über die einst der Heilige Geist kam. Doch bei ihr wollte Gott zum Glück lediglich einkehren.

«Doch was soll ich dem Herrgott kochen?», überlegte sie sich, als sie in der Gemüseabteilung stand. «Manna etwa?» Als ihr Blick ratlos vom Blumenkohl über den Salat zu den Gurken wanderte und sich ihre Miene verfinsterte, fragte Frau Rossi, welche Laus ihr über die Leber gekrochen sei.

Frau Kunz überlegte kurz, ob sie die junge Verkäuferin in ihr Geheimnis einweihen sollte, und seufzte dann: «Gott hat mir seinen Besuch angekündigt.»

Frau Rossis dunkle Augen wurden noch dunkler. «Der Gott?», fragte sie und zeigte mit dem Finger unsicher nach oben. Frau Kunz nickte schuldbewusst, als habe man sie beim Schwarzfahren erwischt. Da brach Frau Rossi in schallendes Gelächter aus, umarmte sie begeistert, drückte sie fest an ihre Brust und rief unzählige Male «Miracolo». Dieses «Miracolo» klang so selbstverständlich, als würde Frau Rossi ihr eine neue Spaghettisauce empfehlen.

Dann berichtete die Verkäuferin von ihrer Tante, die in der Nähe von Palermo lebte und Karten legte. Alle kämen zu ihr, um sich die Karten legen zu lassen. Wirklich alle, das ganze Dorf, betonte sie. Und ja, die Zia habe vorhergesagt, wann die Nonna – Gott habe sie selig – das Zeitliche segne. Sogar die Stunde habe sie gewusst. Und dass ihr Schwager ihre Schwester betrüge, der alte Bock, das habe sie auch prophezeit. Die Zia habe sogar gewusst mit welchem Flittchen. Doch das habe sie für sich behalten.

Als die Verkäuferin sich beruhigt hatte, riet sie Frau Kunz, etwas Passendes zu Ostern zu kochen. «Etwas Österliches?», fragte Frau Kunz. «Ja, ein Osterlamm», sagte Frau Rossi. Nein, das wollte sie nicht. In religiösen Dingen fühlte sie sich nicht sattelfest, selbst beim Essen.

Frau Kunz beschloss, etwas Heimisches aufzutischen. Gott wandle ja nicht oft durch die Schweiz und freue sich sicher, etwas Hiesiges kennenzulernen, erklärte sie. Vom Fondue riet Frau Rossi jedoch ab, das liege schwer auf, und der Herrgott sei ja nicht mehr der Jüngste. Das überzeugte Frau Kunz und sie entschied sich für den Tessiner Braten. Der Metzger musterte sie neugierig, Frau Kunz verriet jedoch nichts von ihrem Mirakel.

Ausgerüstet mit dem mit Speck umwickelten Schweinebraten, den Bohnen und einer Zuger Kirschtorte kehrte Frau Kunz heim. Sie putzte ihr kleines Häuschen von oben bis unten. Gott bewahre, sie wollte keinen schlechten Eindruck hinterlassen. Vor allem die Gästetoilette schrubbte sie gründlich, bis sie glänzte wie ein barocker Hochaltar – was würde der Herrgott sonst von ihr halten?

Dann deckte sie den Tisch festlich für zwei Personen, mit dem guten Geschirr, weissen Servietten und den zwei silbernen Kerzenleuchtern, die ihr ihre Grossmutter vererbt hatte. Zuletzt stellte sie die Vase mit den frisch geschnittenen Tulpen in die Mitte. Kritisch prüfte sie den aufgedeckten Tisch, rückte die Gabel und die Gläser zurecht. Schliesslich nahm sie die Vase vom Tisch. Die Tulpen störten, sie wollte ihrem Herrgott ins Angesicht blicken. Dann liess sich Frau Kunz erschöpft und zufrieden in den Lehnstuhl fallen.

Sie musste eingenickt sein, denn die Türglocke riss sie aus dem Schlaf. Hastig streifte sie die Schürze ab, richtete sich kurz die Frisur und eilte zum Eingang. Als Frau Kunz die Türe einen Spalt weit öffnete, stand dort ein Weisshaariger in einer abgewetzten Jacke, der etwas Unverständliches murmelte und ihr einen zerknitterten Zettel hinhielt. Ohne ihn zu lesen, hob Frau Kunz halb abweisend, halb drohend die Hand. Sie brauche nichts und habe keine Zeit, brummte sie, und schob verärgert die Türe zu. Als sie wieder in den Lehnstuhl sank, nahm sich vor, diesmal nicht einzunicken, sie wollte ja den göttlichen Besuch nicht verschlafen.

Kurz darauf erblickte sie den alten Weisshaarigen im Garten, wie er sich zwischen ihren nackten Rosenstöcken hindurchzwängte. «Jesus und Maria. Das darf doch nicht wahr sein», murmelte sie und eilte in den Garten. Als er die heranstürmende Frau sah, drehte er sich um und flüchtete durch die Rabatte. Sie ihm hinterher. Doch der Mann war zu schnell. So blieb Frau Kunz keuchend stehen und begutachtete empört die abgebrochenen Triebe ihrer Rosen. Dann kehrte sie ins Haus zurück und wartete auf Gott.

Doch der kam nicht. Die Kerzen auf dem Tisch brannten nieder, im Ofen war der Braten schon lange kalt, als plötzlich das Telefon schellte. Frau Kunz nahm den Hörer ab, am anderen Ende meldete sich eine leise Stimme, die sie nicht kannte. «Mein Gott, das hat mir noch gefehlt! Nein!», rief sie trotzig. «Nein, ich brauche keine Eier, kein Zeitungsabonnement, keine neue Krankenkasse, Enkel habe ich keine, ich bin gesund und will an keinem Wettbewerb teilnehmen. Basta!» Dann hängte sie ein.

Als Frau Rossi sie am nächsten Tag fragte, wie das Essen mit Gott gewesen sei, sagte Frau Kunz nur knapp, der sei nicht gekommen. «Vielleicht klappt es das nächste Mal», munterte sie die Verkäuferin auf. Doch Frau Kunz beschloss, dass es kein nächstes Mal geben werde. Das Ganze regte sie zu sehr auf.

In ihrem Innersten jedoch, dort wo sie ihre Schwärmereien, ihre zaghaften Hoffnungen und Enttäuschungen versteckte, hatte sie das flaue Gefühl, Gott verpasst zu haben. Doch das behielt sie für sich. Sie wollte ja nicht schuld sein, dass der Herrgott nie in die Schweiz gekommen war.

MIT DEM TOD LEBEN / *Thala Theres Linder*

Eine Art Passionsgeschichte

Elisabeth liegt im Bett.
   Spürt den eigenen Herzschlag,
   stellt sich den des Kindes vor.
   Synchron vielleicht, verbunden.
   Etwas stimme nicht mit dem Fötus,
   hat die Frauenärztin gesagt.
   Er sei zu klein, werde sich zurückbilden.
   Den Termin zum Auskratzen hat sie mit dem Spital bereits
   ausgemacht.
   Aber Elisabeth hat den Herzschlag gesehen,
   die pulsierende Masse im Ultraschall,
   den Beweis, dass ihr Kind lebt.

Elisabeth liegt im Bett.
   Spürt den eigenen Herzschlag,
   versucht sich vorzustellen,
   dass der Herzschlag ihres Kindes kaum begonnen
   schon wieder aufhören soll.
   Vielleicht hat die Frauenärztin sich getäuscht,
   vielleicht wird das Herzchen bald im Kinderbett

im Zimmer nebenan schlagen,
wird den Teddybären, der schon bereitsteht, drücken.
Und den gewählten Namen tragen.

Elisabeth liegt im Bett.
Spürt den eigenen Herzschlag.
Jann legt sich neben sie.
Neben ihr und dem Herzschlag des Kindes ist
kein Platz für einen weiteren Rhythmus.

Elisabeth liegt im Bett.
Spürt den eigenen Herzschlag
und sie weiss, das Kind in ihr wird sterben.
Was in ihr wachsen soll, wird vergehen.
Jann versucht sie zu trösten.
Vielleicht hat sich die Frauenärztin getäuscht,
vielleicht kommt das Kind mit dem Namen doch zu uns.
Elisabeth wird wütend, schreit Jann an:
Du verstehst es nicht!

Elisabeth verkriecht sich in die Zimmerecke,
weint unter der Decke.
Spürt ihren Herzschlag,
aber kein Leben.
Drei Wochen nach dem Besuch bei der Ärztin,
einen Tag vor dem Termin im Spital,
beginnen die Blutungen.
Jetzt versteht auch Jann:
Das Kind ist verloren.

Elisabeth liegt im Bett,
spürt ihren Herzschlag,
aber kein Leben.

Eine Art Auferstehung

Elisabeth glaubt nicht an Gott,
   den Mann mit weissem Bart,
   der im Himmel wohnt.
   Sie glaubt nicht an Gott,
   den liebevollen Begleiter,
   der schaut, dass es einem gut geht.

Elisabeth glaubt an das Leben.
   Glaubte.
   Mit dem Leben des Kindes
   ist ihr auch das eigene Leben abhandengekommen.
   Aufstehen geht wieder.
   Essen auch.
   Reden mit Jann.
   Arbeiten.
   Nicht weniger,
   aber auch nicht viel mehr.
   Ein Spaziergang ab und zu,
   eher schwer und schleppend,
   immerhin.

So auch heute.
   Beim Spaziergang hat sie die Glocken gehört
   und ist in die Kirche gegangen: einfach so.
   Die Pfarrerin hat etwas erzählt
   von einem Samenkorn, das in die Erde fällt und stirbt,
   damit daraus eine fruchttragende Pflanze wachsen kann.
   Elisabeth denkt an den Samen, das Kind,
   aus dem gar nichts geworden ist.
   Sie schüttelt den Kopf.

Das stimmt doch nicht,
das Leben siegt nicht immer.

Die Orgelmusik rührt sie zu Tränen.
   Niemand kennt sie hier.
   Sie weint, lässt die Tränen zu.
   Die Musik trägt ihre Trauer mit.
   Seit Langem fühlt sie sich wieder aufgehoben.
   Endlich ist neben der Trauer Trost.

Die Pfarrerin lädt zum Abendmahl.
   Elisabeth zögert.
   Sie denkt an ihren Religionsunterricht,
   an Blut und Leib Christi,
   an das gestorbene Kind.
   Doch die Pfarrerin lädt
   zum Brot des Lebens,
   zum Kelch der Hoffnung.
   Spricht vom Geheimnis des Glaubens.
   Das Brot schmeckt frisch,
   der Wein würzig.

Elisabeth muss lächeln:
   dass sie sich in einen Gottesdienst verirrt,
   Abendmahl zu sich nimmt.
   Sie schaut sich um;
   da sind viele ältere Menschen,
   wenige mit braunem Haar,
   vereinzelte in ihrem Alter.
   Niemanden, den sie kennt, und doch
   fühlt sie sich nicht fremd.

Am Ende des Gottesdienstes steht Elisabeth zum Segen auf.
   Geht in der Kraft, die euch gegeben ist.
   Geht einfach,
   leichtfüssig,
   zart.

Das war schön,
   denkt Elisabeth. Schnell verlässt sie die Kirche.
   Nickt der Pfarrerin am Ausgang zu.
   Vor der Kirche trifft sie die Wucht der Sonne.
   Die Kirche im Rücken geht sie über die Wiese.
   Sie schaut genauer hin:
   Da blühen Schlüsselblumen.
   Vorsichtig zupft sie eine Blüte ab,
   Kelch der Hoffnung.
   Sie steckt sie in den Mund, kaut darauf,
   Brot des Lebens.

Elisabeth spürt ihren Herzschlag.
   Elisabeth spürt das Leben.
   Der Same, der gestorben ist und zu neuem Leben erwacht,
   das bin vielleicht ich, denkt sie.

Jann fragt, wo sie so lange geblieben sei.
   Elisabeth küsst ihn und sagt:
   Lass uns etwas essen.
   Für den Salat habe ich Schlüsselblumen mitgebracht.

DIE WOLKE / Matthias Krieg

Eine Distel hat sich zwischen ihren Zehen verfangen. Sie bückt sich, zieht einen Dorn aus der zarten Haut, wirft ihn weg und läuft weiter. Stolpert mehr, als dass sie läuft.

Sie konnte ihre Sandalen nicht finden. Überall war dichter Qualm. Er brannte in den Augen. Nur gerade, was sie am Leib trug, konnte sie retten, und den Krug mit Wasser. Den fasste sie beim Hinauslaufen gerade noch am Henkel. Hinter ihr prasselte da bereits das Feuer.

Nun hetzen sie am Wasser entlang, ihr Mann vornweg. Ihre beiden Mädchen bleiben lieber in ihrer Nähe. Jetzt ist sie froh, wenigstens den Krug bei sich zu haben, wenn er auch schwer ist und ihre Schulter zu Boden zieht. Alle zweihundert Schritte muss sie die Seite wechseln. Das Wasser vom See ist ungeniessbar. Viel zu salzig. Und wann genau sie wieder Trinkwasser finden, weiss niemand. Auch ihr Mann nicht, der vorausstürmt und wieder ruft, sie sollten sich sputen.

Noch immer dringt von hinten das Schreien der eingesperrten Tiere in ihr Ohr. Es war keine Zeit mehr, die Ställe und Hürden zu öffnen. Das Gebrüll der Rinder ist unerträglich. Bald werden die Balken über ihnen einstürzen. Das verzweifelte Blöken der Lämmer ist bereits verstummt.

Wieder ist sie mit dem nackten Zeh gegen einen Stein geprallt. Der Schmerz durchdringt sie. Sie bleibt kurz stehen, reibt ihn ein wenig. Ihre Füsse bluten an mehreren Stellen.

Die Nacht wurde zum reinen Grauen. Sie hatten sich gerade auf dem Dach eingerichtet. Für eine Nacht wie immer nach einem Tag in der Hitze der Wüste. Da hörten sie Stimmen in den Gassen. Fremde waren gekommen und baten um einen Schlafplatz. Ihr Mann sass gerade beim Tor der Stadt. Das ist gleich um die Ecke. Er hatte einen dieser ewigen Streitfälle zu entscheiden, wie sie immer wieder mal vorkommen. Gestohlenes Vieh, versetzte Weidezäune, verstossene Ehefrauen. Banales Zeug. Er ist Richter. Deshalb sass er beim Tor. Wer verurteilt wird, muss die Stadt verlassen und sich draussen allein durchschlagen. Die härteste Strafe in der Wüste. Todesurteile brauchen sie nicht.

Wo sie denn bleiben, schreit er weit vorn. Er kennt die Gegend und hat eine Vermutung, wo sie unterkommen können, aber nur, wenn sie sich beeilen. Wenn es erst mal eindunkelt, sind sie verloren. Die Nacht bricht hier Knall auf Fall herein. Schakale und Löwen treiben sich dann herum. Sie müssen unbedingt vor der Dämmerung unterkommen. Er macht ihnen Beine.

Nun brennt hinter ihnen sicher schon die ganze Oase. Immer noch ist Knacken von Balken zu hören, Prasseln von knochentrockenem Holz, Zischen von Stroh, angefeuert vom Abendwind, der ringsum von den nackten Bergen fällt und heiss über die breite Talsohle fegt. Besonders gegen Abend.

Er brachte die zwei Fremden einfach mit, als sie sich eben auf dem Dach für die Nacht einrichteten, sie und ihre Mädchen. Öllämpchen brannten bereits. Ein paar Fladen lagen bereit, auch eine Karaffe roten Weins stand auf dem Boden. Die Sonne macht ihn hier schwer und süss. Wunderbar zum Einschlafen. Natürlich war sie sofort nach unten geeilt, um die Tür zu entriegeln. Guter Brauch ist dies, Fremde für die Nacht zu beherbergen. Da wusste sie noch nicht, was bald geschehen würde.

Nun hat sie der Schatten erreicht. Die Sonne ist hinter dem Berg verschwunden. Sofort kühlt es ab. Der Nordwind treibt Schwaden schwarzen Rauchs hinter ihnen her. Sie riecht das Feuer, das gerade ihre Stadt verbrennt. Asche tänzelt von hinten über sie hin und lässt sich in ihren Haaren nieder. Erschrocken und durstig hebt sie den Krug. Die beiden Mädchen trinken gierig. Sie will versuchen, mit drei grossen Schlucken auszukommen. Ihr Mann weit vorn hat sich umgedreht und winkt.

Keine Frage, dass sie die Fremden bewirtete. Sie holte ein gutes Stück vom letzten Schlachttag, briet es, und gemeinsam assen sie Fleisch und Fladen, genossen den Roten und schwatzten in die aufziehende Nacht hinein. Die Fremden wussten aus der Nachbaroase zu berichten. Ein älteres Paar hatte sie dort vor Monaten freundlich bewirtet. Überhaupt, Fremde brachten Abwechslung, Nachrichten, Geschichten. Seltene Besuche sind seltene Feste. Eine Abwechslung im Einerlei der Hitze. Sie genoss das, und bei der Gelegenheit durften auch die Mädchen zuhören.

Jetzt ist der Krug leer. Sie wirft ihn weg, um sich zu erleichtern. Er zerschellt an einem Stein. Erschrocken fassen die Mädchen ihre Gewandzipfel. Sie hetzen weiter.

Bis sie plötzlich die Erzählung unterbrachen und aufhorchten, weil unten jemand gegen das Tor polterte. Ihr Mann schaute über die Mauer hinunter. Es waren Nachbarn. Sie riefen und schrien, forderten, ihnen die beiden Fremden herauszugeben. Sofort. Ihr Ton war unmissverständlich. Sie verwarfen die Arme, keiften und ballten Fäuste. Gewalt lag spürbar in der Luft. Sie würden diese Männer auseinandernehmen, sich an ihnen vergehen, sie ausrauben, schinden und dann vor das Stadttor werfen. Schakalen und Löwen zum nächtlichen Frass. Wieso, war nicht zu erfahren. Vielleicht nur, weil sie fremd waren, herumgekommen, gebildet, anders.

Jetzt hört sie ihn. Den langgezogenen Ruf der Schakale bei Nacht. Bald werden sie zu sehen sein, sofern die schnell heraufziehende Dunkelheit es zulässt. Die Mädchen drängen sich an ihre Seite. Sie stolpern weiter ins Ungewisse und schluchzen dabei. Vorn ist ihr Mann zwar zu hören, doch kaum noch zu sehen. Die Zeit verrinnt und wird knapp. An den Bergwänden jenseits des Sees irrlichtert die Feuersbrunst, der sie knapp entronnen sind.

Ihr Mann tat, was er tun musste. Als Richter sowieso, aber auch als Mann der Gerechtigkeit. In Oasen ist Gastfreundschaft heilig. Unantastbar sogar dann, wenn Gäste zweifelhaften Charakter haben. Den hatten die beiden aber gar nicht. So richtete sich der Übergriff der Nachbarn sofort auch auf sie. In ihren Augen hatten sie sich mit Fremden verbündet. Nun steckten sie unter derselben Decke. Die ganze Nacht lang und auch noch den halben Tag randalierte unten der Mob. Sie sollten die Fremden ausliefern.

Nun ist es stockdunkel. An den Berghängen wabert hellroter Feuerschein, mal schwach mal stark. Immer wieder flackert er auf. Schlimm genug, hilft er ihnen aber, wenigstens die nächste Umgebung zu ahnen. Ihr Mann bleibt nun nahe bei ihnen. Er hält die Töchter, an jeder Hand eine. Ihre geschundenen Füsse brennen.

Gegen Mittag schien sich alles zu beruhigen. Die lärmende Menge hatte sich verlaufen. Der Spuk wäre vorüber, dachten sie, doch plötzlich roch es nach Rauch. Und bald züngelten erste Flammen um sie herum. Man wollte sie ausräuchern. Wie Ungeziefer, das ein Haus befallen hat. Das Tor zur Stadt, sein Arbeitsplatz, ist zum Glück nur um die

Ecke. Im dichten Rauch, der sich in Windeseile verbreitete, gelang ihnen die Flucht.

Weit vorn scheint ein Licht zu flackern. Blaues Licht. Sie nehmen es als Wegweiser. Jemand muss dort sein, und vielleicht hilft er ihnen. Lange können sie nicht mehr. Die Mädchen haben Angst und weinen. Ihr Mann trägt die Jüngere. Sie stösst mit ihren wunden Zehen immer wieder an Steine. So sehr brennen ihre Füsse, dass sie den Schmerz fast nicht mehr spürt. Sie hat höllischen Durst. Das flackernde Licht kommt näher.

Als sie auf der Flucht gerade noch den Krug fassen konnte, hatte sie einen von ihnen noch gesehen. Er rannte in dieselbe Richtung. Doch dann verlor sie auch ihn aus den Augen. Das Feuer, das sie heraustreiben sollte, hatte offenbar rasch auf andere Häuser übergegriffen.

Das blaue Licht kommt von einem Lastwagen. Sie kommen ihm immer näher. Mit letzter Kraft. Jetzt erkennt sie weitere Autos und Laster. Es ist die Feuerwehr. Sie lässt sich auf den Boden fallen.

Feuer in der oberen Oase. Sieht nach Vollbrand aus. Funkenflug bis in grosse Höhe. Der Kommandant sitzt im Fahrerhaus und redet mit der Zentrale. Alle Kräfte zusammenziehen. Sämtliche verfügbaren Sanitätswagen und Notärzte. Wenn möglich, bitte einen Helikopter des Militärs zur Aufklärung. Wir brechen auf.

Aus dem Augenwinkel sieht sie, wie ihr Mann sich aufrafft und dem Einsatzwagen nähert, woher die Stimme zu hören ist. Der Kommandant ist völlig überrascht, hat aber jetzt keine Zeit. Rasch lässt er sich berichten, was die Flüchtenden wissen, dann beordert er den ersten Sanitätswagen, der soeben eintrifft, die Familie zur unteren Oase in Sicherheit zu bringen. Nach allen Seiten brechen Autos mit Blaulicht und Sirenen auf. Gespenstisch streifen Lichter die Felsen beidseits des breiten Tals. Vom salzigen See her kommen blaue und rote Lichtfetzen zurück. Noch immer flackern die Berge.

Sie erreichen die untere Oase. Die Mädchen sind eingeschlafen auf ihrem Schoss. Vorsichtig trägt ihr Mann sie in das Behandlungszimmer. Sie humpelt hinterher. Das kalte Wasser, das ihnen der Arzt als Erstes reicht, ist himmlisch. Sie können nicht genug davon bekommen. Dann verbindet er ihre Füsse. Er weiss ein älteres Ehepaar, bei dem sie unterkommen können. Das Auto wird sie hinbringen.

Ihr Kopf brummt. Als sie die Augen öffnet, fallen erste Strahlen auf das Weidegeflecht an der Zimmerdecke. Es tagt. Sie überlegt, wo sie ist, tastet nach den Mädchen. Ihr Mann steht am Fenster. Ein grosser Krug Milch wartet neben der Tür, Fladen liegen auf einem Hocker. Ihr Mann kaut. Sie lassen die Mädchen schlafen, gehen hinaus aufs Dach und schauen in aller Ruhe über die Dächer der erwachenden Stadt. Am Himmel steht eine dunkle Wolke aus Rauch. Da kommt der alte Herr.

«Wie geht es Ihnen? Was machen Ihre Füsse? Die Mädchen schlafen noch, vermute ich mal.» Der Mann mit dem reichlich grauen Bart setzt sich und reicht ihr den Krug. «Trinken Sie. Die Milch ist gut, frisch gemolken und noch warm. Sie müssen sich stärken.» Sie trinken und essen gemächlich. «Sie haben uns gerettet, danke. Nach allem, was wir erlebt haben, schmeckt es hier wie im Himmel. Danke.» Der Jüngere verbeugt sich vor dem Älteren.

Sie erzählen. «Das muss grauenhaft ausgesehen haben», bemerkt der Ältere. «Nein, ich habe nicht nach hinten geschaut», sagt sie, «nicht ein Mal. Dann wäre ich stehen geblieben, wo ich doch laufen musste. Erstarrt vielleicht. Es war die Hölle, und sicher sah es auch so aus. Aber wir mussten nach vorn schauen. Immer nach vorn. Wir mussten geradeaus gehen, nicht zurück.» Sie hebt den Arm und deutet auf die dunkle Wolke. Sie zu sehen, genügt.

«Das war gut so», sagt der Ältere, und sein Bart zittert ein wenig dabei. «Wer die Hölle hinter sich hat, kann den Himmel nur vor sich haben. Weitergehen ist richtig. Im Leben gibt es keinen Weg zurück. Der Lebenslauf kennt keine Umkehr. Vom Vergangenen, besonders wenn es Hölle und Tod waren, genügen die Zeichen. Da haben Sie völlig recht.» Er sinniert über die Wolke. «Und fällt man hin, und stürzt man ab, und sieht alles nur nach Untergang aus, so geschehen manchmal auch Wunder, und man steht wieder auf und läuft, selbst wenn die Füsse höllisch brennen. Man läuft und schaut nicht hinter sich, wo der Tod umgeht, sondern nach vorn, wo vielleicht neues Leben wartet.»

Inzwischen ist seine Frau erschienen. Sie hat die Gedanken ihres Mannes mitgehört und weiss, weil sie schon sehr lange mit ihm lebt, was er meint. Auch sie hatten eine Heimat, wo nur noch der Tod umgegangen war, verlassen. Jetzt kommen auch die beiden Mädchen, schlaftrunken noch und sich die Augen reibend. Gierig trinken sie von der Milch. «Diese fremden Männer, die Sie über Nacht bei sich hatten», sagt die Ältere, «scheinen mir dieselben zu sein, die einige Monate vorher bei uns gewesen sind. Angenehme Leute. Haben viel erzählt und uns ermutigt, die Hoffnung nicht aufzugeben.»

Sie wirft einen liebevollen Blick auf ihren Mann. «Und Sie werden nicht glauben, was mir alter Frau passiert ist.» Die Jüngere wendet nun ihre Blicke von der dunklen Wolke ab und schaut der Älteren fragend ins Gesicht.

«Ich bin schwanger.»

GROSSMUTTERS
GARTEN / *Michelle de Oliveira*

Die Rosen lassen ihre trockenen Köpfe hängen, als hätten sie eben eine traurige Nachricht erhalten. Dabei hätten sie doch allen Grund zur Freude. In den schattigen Ecken liegt zwar noch ein Rest dreckigen Schnees. Dem Winter aber bleibt nur noch wenig Zeit, der Frühling hat sich mit längeren Tagen, singenden Vögeln und einem lauen Wind, der nach neuem Leben riecht, schon angekündigt.

Ich hebe einen Rosenkopf an und lasse ihn wieder fallen. Dürre Blätter landen auf meinen gelben Gummistiefeln.

Ich schüttle den Kopf und denke an Grossmutter Margrit. Meine Grossmutter. Ich war oft bei ihr gewesen. In ihrem Haus. Und vor allem hier, in ihrem Garten. Manchmal nur einen Nachmittag lang, in den Schulferien auch mal drei Wochen am Stück. Als Mama noch gesund war und wahnsinnig viel gearbeitet hatte in der Bank.

Wenn ich heute an einer Bank vorbei gehe, stelle ich mir noch immer vor, wie alle Angestellten einen gewissen Teil ihrer Arbeitszeit damit zubringen, in den Tresorraum hinunterzusteigen und einen liebevollen Blick auf ihre mächtigen Notenstapel zu werfen und mit der Hand darüber zu streichen wie über den Kopf eines Neugeborenen.

Nur hatte Mama nie viel Geld. Sie war die Assistentin des Assistenten und leistete Überstunden und wurde unterbezahlt. Ich habe mehr Erinnerungen an Grossmutter als an Mama.

Grossmutter war eine kleine Frau gewesen mit breiten Schultern und breiten Hüften, um die immer eine Schürze mit zwei aufgenähten Taschen gebunden war. In der einen war ein sauberes Papiertaschentuch zu finden, in der anderen ein Gebrauchtes, meist mit meinem Rotz daran. Ich spüre noch heute, wie sie mir grob die Nase putzt und mich tadelnd anschaut. Als hätte ich mir den Schnupfen jeweils extra besorgt, bevor ich zu ihr gefahren bin. Dabei wurde ich immer erst krank, wenn ich bei ihr war.

Als Stadtkind konnten mir Abgase, Betonwüsten und kreischende Trambremsen nichts anhaben. Ein Streifen struppiges Gras vor unserem Haus war mein Dschungel, der kläffende Dackel unserer Nachbarin mein Raubtier und der Löwenzahn, der sich durch die Ritzen zwängte, die schönste Blüte, die ich mir vorstellen konnte. Ich war zufrieden mit meiner Welt und gesund.

Verbrachte ich aber Zeit in der echten Natur, mit Dreck unter den Fingernägeln, mit von Dornen zerkratzten Waden, mit Mittagessen im Garten auch wenn die Sonne nicht schien, wurde ich immer krank.

Und dann wurde Mama krank. Aber nicht wegen der Natur. Und als Mama krank wurde, wurde auch Grossmutter krank. Oder andersrum. Oder gleichzeitig. Ich weiss es nicht. Auf jeden Fall war plötzlich alles anders.

Statt mit meiner Mama in unserer Stadt, wohnte ich bei ihrer Cousine in einer anderen Stadt. Die Ferien verbrachte ich fortan in Schulprogrammen und musste dort Theater spielen oder stricken und basteln oder in muffigen Turnhallen Bällen hinterherrennen.

Dann starb Mama und ich blieb in der anderen Stadt. Grossmutter lebte noch. Eine Weile blieb sie im Krankenhaus, dann durfte sie zurück in ihr Haus. Eine Frau mit weissem Kittel ging jeden Tag vorbei, wusch Grossmutter, zog sie an und stellte ihr aufgewärmtes Essen auf den Tisch. Ich war nur wenige Male dort, Grossmutter trug keine Schürze und hatte kein Taschentuch für mich, wenn meine Nase lief. Oft schaute sie mich an wie jemanden, den sie noch nie gesehen hatte.

Einmal, als ich im Garten ein paar Blumen geholt und in eine alte Colaflasche gestellt hatte, schrie sie mich an. Ich sei eine Diebin und hätte hier nichts verloren. Danach fuhr ich nie wieder zu ihr. Ich blieb in der Stadt. Aber jetzt wurde ich auch dort manchmal krank.

Zwischen all den Wintern und Sommern wurde ich jeden Frühling ein bisschen erwachsener und meine Erinnerungen an Mama und Grossmutter und ihr Holzhaus und ihren Garten verblassten wie getrocknete Blüten im Sonnenlicht.

Bis vorgestern. Bis ich erfuhr, dass meine Grossmutter verstorben war. Und mir nun ihr Haus gehört.

Jetzt stehe ich hier. In Grossmutters Garten. Ich höre ihre strenge Stimme. «Giessen, aber nicht zu viel! Nein, es hat noch mehr Unkraut. Die Erde muss lockerer sein! Die Äste präziser gestutzt. Jetzt aber dalli!»

Die Blumen, Sträucher und Bäume vermissen Grossmutter bestimmt. Nur mit ihnen hatte sie so zärtlich gesprochen, wie die Leute im Film es mit ihren Liebsten tun.

Die Pflanzen waren die letzten Jahre sich selbst überlassen gewesen. Sie haben überlebt und sind gewachsen. Wie ich.

Jetzt sind sie nicht mehr allein. Ich werde sie hegen und pflegen und dreckige Fingernägel bekommen und im Garten essen, auch wenn die Sonne nicht scheint, verspreche ich ihnen und mir.

Gerade drückt die Sonne durch die Wolken, der Frühling nimmt immer grössere Schritte. In einer Ecke des Gartens, hinter dem Gartenzwerg ohne Nase, glitzert etwas. Ich steige über einen Strauch mit Dornen und rutsche auf dem Matsch beinahe aus.

Etwas Rostfarbenes steckt in der Erde. Eine Scherbe. Nicht irgendeine Scherbe. Mein Name steht darauf, ungelenk mit einem dicken Pinsel aufgemalt, verziert mit goldener Glitzerfarbe.

Die Scherbe war einmal Teil eines Topfes gewesen. An einem Sommertag, der heisser war als alle anderen dieses Jahres, hatte Grossmutter mir einen Teller mit Apfelschnitzen in den Garten gebracht. An einem klebte noch ein Samen. Ich wollte ihn unbedingt einpflanzen, auch wenn Grossmutter sagte, dass daraus bestimmt kein Apfelbaum werden würde. Doch sie hatte einen Topf aus dem Gartenhaus geholt und mich machen lassen.

Ich blicke auf. Da steht er, mein Apfelbaum. Er ist knorrig und seine obersten Äste überragen mich gerade mal um eine Handbreite. Vielleicht hatte Grossmutter heimlich einen zweiten Samen in die Erde gesteckt. Oder es hatte tatsächlich funktioniert und aus meinem Apfelkern, der am Apfelschnitz klebte, ist ein Baum geworden. Grossmutter muss ihn in den Garten umgepflanzt haben, als er seinen Topf gesprengt hatte. Und liess meinen Namen bei ihm stehen.

Ich muss lächeln. Und mir laufen Tränen über die Wangen. Grossmutter ist auf einmal wieder so nah. Sie ist da. Sie wird immer da sein. Ich pflücke ein paar Schneeglöckchen für das Osternest meiner Tochter. So wie Grossmutter es für mich getan hat – und putze mir extra grob die Nase.

BRILL / *Barbara Oberholzer*

Als ich klein war, verbrachte meine Familie regelmässig Zeit im Tessin in einem alten Haus. Früher gehörte es meinen Grosseltern. Eine Heizung gab es nicht; die Saison startete kurz vor Ostern. Meine Eltern, mit deren Ehe es nicht zum Besten stand, schlugen die Zeit mit Streiten tot und heizten so wenigstens die Atmosphäre an. Aber unsere Grossmutter war dabei. Sie kümmerte sich um uns Kinder, erzählte vor dem offenen Feuer allerlei Geschichten, auch biblische. In dieser Jahreszeit selbstverständlich auch von Jesus, von Karfreitag und Ostern.

Nachbarn gab es auch. Eine alteingesessene Tessiner Familie, wie wir mehrere Generationen im selben Haus. Sie besassen einen Hund namens Brill. Brill war angekettet vor seiner Hundehütte, seit ich mich als Kind erinnern konnte. Er galt als aggressiv und gefährlich. Kam jemand nur in seine Nähe, sprang er los, riss an seiner Kette, fletschte die Zähne und bellte wie wild. Wir Kinder fürchteten uns alle vor Brill. Wenn die Kette nun mal riss …? Aber irgendwie tat uns Brill auch leid. Diese Art von Tierhaltung empört mich bis heute. Brill war eigentlich ein Jagdhund. Und den ganzen Tag verbrachte er an seiner Kette auf engstem Raum. Mein jüngerer Bruder Bruno und ich drückten uns häufig in seiner Nähe herum, liessen uns anbellen, empfanden eine eigenartige Mischung aus Angst, Mitleid, Faszination. In Zürich gab es keine Brills. Doch dass dieses Wesen eingesperrt und unglücklich war, das fühlten auch wir Zürcher Gäste. Andererseits: Was ging's uns an? Wer wollte sich einmischen und die Nachbarn vergraulen? Unsere Eltern nicht. Und irgendwie waren wir ja alle ganz froh, dass der knurrende und fletschende Brill sicher weggesperrt war.

Und so wurde es Ostersonntag. Zur Kirche gingen wir nicht. Wir waren eine vollkommen kirchenferne reformierte Familie, das gab es schon in den Sechzigern. Trostlos. Und das Tessiner Dorf war stockkatholisch. Die Ausnahme war Grossmutter. Am Karsamstag noch erzählte sie uns von Jesus, der jetzt nicht mehr lange im Grab warten müsse, der bald von Gott errettet würde und für immer im Himmel sein werde. Sein Grab wäre dann leer, das Leid vergessen. Meine Eltern ihrerseits hatten dafür daran gedacht, am frühen Morgen ein paar Osterhasen zu verstecken.

Doch Bruno erschien nicht am Sonntagmorgen. Er war überhaupt nicht da. Sein Bett war leer. Er war nicht in unserm gemeinsamen Zimmer, nicht im Garten. Nirgendwo. Wir suchten und riefen. Bruno war ein sehr lebhaftes, sprunghaftes Kind. Heute würde man wohl von ADS sprechen und ihn Kevin nennen. Nach anfänglicher Verärgerung wurden die Eltern unruhig. Wo war Bruno? Es war kalt; die Gegend dort eigentlich nicht gefährlich, aber verlaufen konnte ein kleiner Junge sich in den nahen Wäldern schon. War Bruno fortgelaufen? Hatte er sich verirrt, war er gestürzt? Fror er, wartete er weinend auf Hilfe? Die Anspannung stieg. Nach ersten väterlichen Schuldzuweisungen («Konntest du nicht auf deinen Bruder aufpassen?! Er kann sich doch nicht in Luft aufgelöst haben!») wurde auch den Nachbarn Bescheid gesagt.

Und da fand man Bruno. In der Hundehütte. Zusammen mit Brill, beide eng aneinandergeschmiegt. Das Schloss an Brills Kette war offen. Wie Bruno das geschafft hatte, weiss ich bis heute nicht. Doch Brill war nicht geflohen. Er war bei dem kleinen Jungen geblieben, der ihn aus dem Grab seiner Hundehütte hatte befreien wollen. Getan hatte Brill ihm nicht das Geringste. Es war Ostern geworden für Brill. Und ein kleiner Junge hatte seiner Grossmutter gut zugehört. Für Ostern braucht es keine Osterhasen. Ostern ... bringt Hoffnung ... Befreiung ... Erlösung ...?

Meine Eltern schimpften. Und waren doch beeindruckt von Brunos Mut. Vielleicht war Brill gar nie böse. Nur traurig. Vielleicht wartete er auf Freiheit und blieb aus Liebe.

Auch in Zukunft blieb Brill an der Kette. Die Tessiner und ihre Tierhaltung ... Meistens. Aber die Kette war viel länger geworden. Und er wurde täglich zum Spazieren ausgeführt. Plötzlich war er nicht mehr der böse Brill, vor dem man Angst haben musste. Er wurde nun anders wahrgenommen, als Teil der Gemeinschaft. Als Wesen, das fühlt, leidet, etwas zu geben hat. Der Umgang mit ihm war ein grundlegend anderer geworden. Brill, der Familienhund. War es neben Brill und Bruno vielleicht noch für ein paar weitere Menschen Ostern geworden?

Manchmal schäme ich mich ein wenig, dass ich als ältere Schwester Brunos Mut nicht gehabt hatte. Brunos Augen nicht gehabt hatte, die gesehen hatten, wirklich gesehen. Nicht seine Seele, die Brill nicht einfach seinem Schicksal überlassen konnte. Brills Geschichte ist eine schöne Geschichte. Geschichten müssen erzählt werden. Ostern muss erzählt werden. Ich bin die Erzählerin.

OSTERN? / *Adolf Muschg*

1

Weihnachten: das Fest der Familie – wenn man denn eine hat, und nicht gerade ein Virus die Welt aus den Fugen hebt. Immerhin: dass die Geburt eines Kindes eine frohe Botschaft ist, leuchtet auch Menschen ein, die mit dem Christentum nicht mehr viel am Hut haben. Denn viele haben Elternglück selbst erfahren, die Mütter sogar am eigenen Leib. Weihnachten ist immer noch, und sei es als Fest des Heimwehs, anschlussfähig an eine säkularisierte Gesellschaft. Sogar die verbiesterte DDR hatte vom Engel der Verkündigung eine *Jahresendflügelfigur* stehen lassen, ohne die auch halbleere Schaufenster ungern auskamen. Vom Weihnachtszauber sind jedenfalls Lichtdekorationen an der Fassade übrig geblieben, und im Corona-Jahr gedeihen sie besonders üppig – während man drinnen, in geschlossenen Räumen, gerade noch zu fünft feiern soll und in der Kirche zu höchstens 50. Und auf keinen Fall singen: Das Virus verbreitet sich mit dem Aerosol-Ausstoss unserer Stimme. Stummer – oder virtueller – ist die «Stille Nacht» in meinen 86 Lebensjahren noch nie gewesen.

Und Ostern?

Eier färben, verstecken, suchen – der Eierkult ist so heidnisch wie der allzeit zur Fortpflanzung bereite (und genötigte) Hase, und beide waren auch in meiner christlich formatierten Kindheit die wahren Osterzeugen. Denn wir hatten einen Hühnerhof, ich nannte jedes Huhn beim Namen, an Eiern mangelte es uns auch in der Kriegszeit nicht. Und einmal im Jahr wickelten wir mit behutsamen Fingern die selbstgesuchten Kräuter, etwa den feingliedrigen Kerbel, an der glatten Eiform fest. Die schönste Farbe, ein sattes Braungelb, lieferten die Zwiebelschalen aus dem eigenen Garten, mit denen wir die Eier hart kochten. Was wir am Ende mit spitzer Schere aus dem Gewirr der Fäden herausoperierten, waren unabsichtliche Kunstwerke, Miniaturen der wiedergeborenen Vegetation, die man mit etwas Fett zum Glänzen brachte. Man versteckte oder verschenkte sie lieber, etwa in einem selbstgeflochtenen Nest aus Tannenzweigen, als dass man sie zerbrach – obwohl auch das *Tütschen*, Spitz auf Spitz, seinen barbarischen Reiz hatte. Was zerbrochen war, durfte man nicht nur essen, man musste sogar, oft mit einer Spur schlechtem Gewissen. Denn immer waren es die schönsten Eier, die dem Aufschlag am wenigsten standhielten.

Im Rückblick sind es diese Eiertänze, die für mich immer noch «Ostern» bedeuteten, unauslöschlich wie die Kindheit selbst. Natürlich gab es Ostergottesdienste, die ich mit meinem frommen Vater besuchen durfte oder musste, auch wenn sie ihm, aus welchem Grund immer, weniger bedeuteten als diejenigen am Karfreitag, die mir in der Regel erspart blieben. Nur durfte man am Todestag Christi auch sonst nichts unternehmen, und so war der besinnlichste Tag im Jahr auch der ödeste und hat in meinem Gefühl keine Spuren hinterlassen als diejenige der Verlegenheit.

Erst als mein Vater gestorben, meine Mutter gemütskrank geworden war und ich von Glück reden musste, dass ich am

Gymnasium bleiben durfte, wenn auch nicht demjenigen in Zürich, das mir lieb geworden war; und als ich zugleich von meiner ungeschickten ersten Liebe Abschied nehmen musste, begann ich etwas vom Sinn des Kreuzes zu begreifen, das für meinen Vater im Mittelpunkt seines Glaubens gestanden und oft seine Stelle vertreten hatte: Mein Gott, mein Gott, warum hast du mich verlassen! Ich wurde ins Prättigau verschickt, in eine «Evangelische Lehranstalt», die im Winter (dank des Bergrückens vor der Nase) von keinem Sonnenstrahl berührt wurde. Und wenn der Herr Direktor, ein gestrenger Hirte eines höheren Herrn, in der obligatorischen Morgenandacht diesen anrief, mit gefurchter Stirn und geschlossenen Augen, hatte es nie etwas Gutes zu bedeuten. «Einen andern Grund kann niemand legen ausser dem, der gelegt ist: Jesus Christus» stand in Fraktur auf der Fassade des Altbaus, eines geschindelten Riesenchalets, in dem ich mit zwei anderen Halbwaisen eine «Bude» teilte. Es war eine Drohung, als wären wir ständig mit dem Suchen besserer Gründe beschäftigt, und für mich traf das auch zu: Ich wollte nichts als weg und heim. Dass das mit Christus nichts zu tun hatte, brachte mich ihm nicht näher, und das war vielleicht schon Sünde genug, denn er liess mich zwei Jahre in dieser Evangelischen Lehranstalt schmoren, deren Abkürzung (ELAS) wie ein französischer Seufzer klang. Er wurde zweideutig, als ich die schöne junge Schwester unseres Französischlehrers auf einem Zweierschlitten von den Fideriser Heubergen bis ins Tal hinunter kutschieren durfte: Es war mein erster Körperkontakt mit einer Frau. Dabei hörte ich in jeder Predigt des Direktors, dass unsere Sünde, für die Jesus gestorben war, immer mit Anfechtungen des Fleisches zu tun hatte. Das unterstrich er, wenn er einen Schüler wegen einer geschlechtlichen Übertretung von der Schule wies. Und da wollte es der Teufel, dass ich von einer solchen ausgerechnet mit seiner Frau Direktor, einer kühnen Amazone, zu träumen anfing – nur weil sie mich bei einem Anfall von Röteln im Krankenzimmer (Ka-Zett genannt) etwas von jener Fürsorglichkeit angedeihen liess, die mir das leere Elternhaus schuldig blieb.

Mir begegnete eine Frömmigkeit, mit der man nicht leben und nicht sterben kann; wofür wäre es sonst nötig gewesen, dass Jesus für uns starb? Ein Christ war per se ein *schlechter* Christ, das war eine Gleichung, die sich im Internat einprägte. Und wie man aus dem Pfuhl verbotener Wünsche gerettet werden sollte, beleidigte meine Vorstellungskraft. Um das ewige Leben als geschlechtsloser Engel abzusingen, und auch noch zu Gottes Lob? Am glaubwürdigsten war das himmlische Jenseits als Reich der Witze. Petrus, der den Schlüssel dazu besass, zeigte sich als rettendes Original. Das Lachen darüber war von der Art der Wirtinnenverse und aus derselben Quelle geschöpft: dem Vergnügen an der Übertretung.

2

Die wahre Sünde war, lernte ich später als Student der Frankfurter Schule, sich vom Ziel der Wünsche überhaupt ein *positives* Bild zu machen, Gott liess sich nur auf dem Weg der Negation seiner Vorstellung fassen, sonst landete man beim Witz, beim Kitsch oder in der Blasphemie. Aber da die Gottesfrage, je weiter sie mich von Glauben entfernte, desto weniger losliess – in ihr verbarg sich immerhin der Lebenssinn meines Vaters, der mich auf seinen eigenen Namen getauft hatte, nach (Gustav) Adolf, dem Retter des wahren! reformierten! Glaubens im Dreissigjährigen Krieg –, bannte sie mich an die Lücke in meiner Schuldigkeit und bildete mich zum theologischen Tüftler und Sophisten. *Credo quia absurdum* – wie schaffte ich diesen dialektischen Hochseilakt? Bei Kierkegaard las ich, dass dafür ein *Sprung* nötig sei, buchstäblich ein Salto mortale; bei Karl Barth, dass Gott «ein ganz Anderer» sei, womit er die Akrobatik in eine neue Dimension erhob. Anderseits verlangte der wahre Gottesdienst wiederum nichts weiter als wahre Einfalt des Gemüts, wie beim heiligen Franziskus.

Vorübergehend war ich entschlossen, Nietzsches Wort als mein letztes in Sachen Gott zu betrachten (es kam immerhin von einem Pfarrerssohn): «Die Christen müssten mir erlöster aussehen. Bessere Lieder müssten sie mir singen, wenn ich an ihren Erlöser glauben sollte.» Wo aber blieb dann die «*kleine* messianische Hoffnung», die ich bei Walter Benjamin gefunden hatte? Wie vertrug sie sich mit dem Bildnis- und Gleichnisverbot, das mir die Zehn Gebote eingeschärft hatten? Meine Gottsuche begann ins Mystische auszuschweifen, als ich für zwei Jahre in mein gelobtes Land auswanderte – Japan, wo ich durch Vermittlung des Zürcher Theologen Emil Brunner eine Stelle an der *International Christian University* gefunden hatte (er hatte nach dem Krieg gehofft, das geschlagene Inselreich für das Christentum zu erobern). Dort hielt ich meine erste Kanzelpredigt über Meister Eckhart, der in Japan hohes Ansehen genoss – obwohl oder weil seine Theologie Christus entbehren konnte. Bei ihm brauchte «der Mann der Seele», ihr innerstes Fünklein, keinen Vermittler zu Gott, er zeigte sich in der Erleuchtung, dass die Seele immer schon seinesgleichen war. Das Gegenständliche unseres Gottesbilder sei das wahre Hindernis zur Erfahrung unserer Einheit mit ihm, und dieses zeige sich auch in jedem andern Teil der Schöpfung, mit dem wir uns zweckfrei und nur um seiner selbst willen beschäftigten. Die Erinnerung, dass wir schon *sind*, was wir suchen, und es in jeder Arbeit, die wir *hier und jetzt* tun, als gefunden betrachten dürfen, führte mich dem damals ohnehin hippen Zen-Buddhismus zu – und in ein Kloster, zum Meditieren und Teeblätterernten. Da blieb mir die Erfahrung nicht erspart, dass Selbstvergessenheit nicht mein Ding sein kann, da mein westlicher Organismus – namentlich die Knie – das gelassene Sitzen nicht lange aushielten. Die Zappeligkeit, für die ich schon auf dem Pausenhof berüchtigt gewesen war (heute heisst sie ADHS-Syndrom) stand dem *Satori* im Wege. Was an mir fromm werden wollte, verlangte dafür ein handfesteres Spielzeug als «die Grosse Leere».

3

Ja, ein *Spiel*zeug.

Ich denke, mein Schreibzwang ist dem Defizit an positiver Frömmigkeit entsprungen. Soll heissen: Ich suchte einen Weg, ihr zu entwischen. Der Europäer, der ich bin, der Schriftsteller, der ich werden wollte, kann die Fabel des Gegenständlichen nicht entbehren, die ihm zeigen kann, was er gesucht hat, ohne es zu kennen. Literarische Arbeit ist per se areligiös. In meinem Fall hängt sie daran, ihren Stoff so zweideutig und widersprüchlich zu machen, wie ich mich selbst erfahre, nach Rilkes Wort: Gedichte sind keine Gefühle, sondern *Erfahrungen*. Diese Arbeit macht erlösungsresistent, sie sucht keinen Schlüssel zu dem, was ihr beim Schreiben begegnet, und wenn sie ihn schon zu haben glaubt, wirft sie ihn weg. Sie hat gelernt, dass ihr Geheimnis an der Oberfläche liegt. Und wenn die Moral von einer Geschicht ihr Totschläger ist, so sind Erlösungsfantasien ihre Spielverderber. Das ist gravierender, denn in der Kunst ist (nach Schiller), der Mensch nur da ganz Mensch, wo er spielt. Wehe ihm, er vergisst sich selbst nicht dabei! Und dreimal wehe, wenn er zu gut weiss, *womit* er spielt!

Das gilt auch, sogar am meisten, für die sogenannt letzten Dinge. Entweder sie sind uns hautnah – und eben darum unbekannt – oder sie erwachen nicht zum Leben.

Weihnachten passt in meine Agenda, denn ich habe selbst Kinder, und auch wenn sie längst gestandene Männer sind, vergegenwärtigen sie mir das Unfassliche, das ja doch wahr sein muss: dass ich selbst ein Kind gewesen bin. Dieses Wunder hat in der Weihnachtgeschichte Platz, mit meiner Familie feiere ich es von Herzen, wenn auch – im Corona-Jahr – getrennt. Mit 86 bin ich ein Hochrisikofall. Ich möchte meinen Nächsten nicht antun, dass sie sich an meinem Ende schuldig fühlen. So etwas habe ich schon gehabt, im eigenen Elternhaus.

Aber wo bleibt Ostern?

Das Kreuz kann ich noch fassen; physische Passion ist mir in vielen Varianten begegnet. Bei der Auferstehung von den Toten hört die Erfahrung auf und beginnt das Wunschdenken, und es wird – als solches – verschwommen oder banal, meist beides zusammen. Dieses Wünschen hilft mir nicht mehr, am wenigsten gegen die Todesangst. Es wirkt wie Unernst gegenüber dem Gewicht der Endlichkeit und scheint mir ein Unrecht oder Undank gegen das, was uns in ihr gegeben ist: ein einziges Leben.

4

In diesem Leben fällt mir nur ein Fall ein, wo mir Ostern – zusammen mit dem Karfreitag – eingeleuchtet hat, salopp gesprochen: eingefahren ist. Das ist bald siebzig Jahre her. Tante Julia (auszusprechen: *Chulia*), die Frau eines entfernten Cousins meiner Mutter, pflegte einen Teil des Jahres in ihrer spanischen Heimat zu verbringen, und im Frühjahr 1953 hatte sie mich, den jungen Studenten der Germanistik, zu sich eingeladen – Ferien wurden es nicht. Ich hatte zwischen Winter- und Sommersemester den sogenannten Akzess vorzubereiten, der zum Besuch des Hauptseminars berechtigte. Gefragt waren sprachgeschichtliche Grundkenntnisse, sogar in Altgotisch. Aber auch die Goten waren ja einmal nach Spanien gekommen. Für mich war es erst der zweite Auslandaufenthalt.

Die Stadt der Tante lag am Mittelmeer, mit vielen barocken Kirchen, einer Palmen-Esplanade und dahinter einer ausgreifenden Hafenanlage. In ihrem Rücken erhob sich ein monumentaler Felsbrocken, gelöchert von Wohnhöhlen der Zigeuner und gekrönt von einem Kastell der muslimischen Omajaden, das von den christlichen Eroberern zur weitläufigen Festung ausgebaut worden war. Unter der malerischen Altstadt breiteten sich jüngere Miethäuser aus, von denen eines Tante Julia gehörte, mit einer Dachterrasse, auf der ich zum Büffeln immer neuen Schatten suchte, denn die Sonne brannte schon sommerlich, und eigentlich war die Stadt eine Oase in der Wüste. An Spaziergänge zu ihren Sehenswürdigkeiten erinnere ich mich kaum, wohl aber an lange Wanderungen auf der Hafenmole, wo mir das bisher unbekannte Meer auf zwei Seiten begegnete. Sie war aber auch ein Treffpunkt streunender Hunde, die einander jagten, mit dem einzigen Ziel, sich zu paaren; auch dieses Schauspiel war mir neu. War es vollbracht, so blieben die Hunde lange aneinander hängen, abgewandt wie ein unglückliches Ehepaar, das sich nicht trennen kann.

Die Szenen standen aber im Zusammenhang mit einer Entdeckung, die ich in Tante Julias Wohnung gemacht hatte und wohlweislich verbarg. Mein Besuch hatte sie enttäuscht.

Sie hätte ihren spanischen Bekannten zu gern einen adretten Verwandten aus der Schweiz vorgeführt, und nun stellte sich heraus, dass er keinen anständigen Anzug im Gepäck hatte, nicht einmal eine Krawatte. Wie ich hergelaufen war, konnte sie mich nicht zeigen – in welche Familie hatte sie geheiratet? –, und so überliess sie mich weitgehend mir selbst, bis auf die Mahlzeiten, mit denen sie pflichtschuldig aufwartete. Als sie ihre Visiten notgedrungen allein machte, sah ich mich in der Wohnung nach Lesestoff um; doch hatte ihr schlichtes Bücherregal ausser Katalogen nur Kinderbücher und Kitschromane zu bieten. In der Schublade darunter aber stiess ich auf einen Stoss Heftchen mit pornografischen Bildergeschichten aus den Zwanzigerjahren. Die Hauptfigur war eine ausgerechnet *Tia* (Tante) genannte locker bekleidete Schönheit, die sich ihrem Neffen zur Entdeckung freigab (mit der fälligen Vergrösserung der beteiligten Organe), die regelmässig in der Situation endete, die mir von der Hafenmole bekannt war, nur dass die Stellungen vielfältiger und von Sprechblasen begleitet waren, die man ebenso als Signale der Empörung lesen konnte wie als Notschreie der Lust: und immer entrangen sie sich nur den offenen Lippen der Tante. Der schwer arbeitende Neffe blieb stumm.

Ich liess mir diese rohen Lehrstücke gefallen, wenn die Tante aus dem Haus war, aber einmal kehrte sie unverhofft zurück und ertappte mich. Nach dem ersten Schock warf sie die Schublade zu, verschwand wortlos in der Küche und kam dann mit eisigem Gesicht zurück. Ich sei doch zum Studieren hergekommen? Warum beschäftige ich mich mit dem dummen Zeug, das ein früherer Gast versehentlich zurückgelassen habe? Es war eine Notlüge voller Geständnisse, die mich erst recht genierten. Danach konnte ich eigentlich nur noch als Romeo dieser Tante Julia todsündig werden – oder verreisen.

Dann aber erlöste mich die *Semana Santa*. Nach dem karfreitäglichen Gruseln, der erden-bürgerlichen Verzweiflung: das Osterlachen und die Geselligkeit.

5

Es begann mit gleichzeitigen Umzügen, unaufhörlichen Prozessionen durch die Unterstadt, auf festen Wegen, die immer vor einer Kirche begannen und in ihr endeten. Dabei schien sich die Bevölkerung der Stadt vervielfacht zu haben. Dicht an dicht säumte sie die Strassen, durch welche die *Tronas*, die tonnenschweren Sänften der Heilsfiguren mit ihren Trägern und Begleitern kommen mussten: Christus mit Dornenkrone, aus vielen Wunden blutend, eingeknickt unter der Last des Kreuzes, auch wenn ein Jünger das andere Ende tragen half, weitergepeitscht von einem Folterknecht in römischer Uniform. Aber eine (krasse) Kunst sorgte dafür, dass die Schläge nicht fielen, dass sie auch kein Fleisch getroffen hätten, nur bemaltes Holz. Lebendig waren die Blumen, mit denen der Aufbau rundum geschmückt war, gerade noch lebendig die menschlichen Träger, die man unter der Last der Bildwerke keuchen hörte, auch wenn man sie nicht sah, weil sie vom überhängenden Tuch verdeckt waren. Aber ihre gebeugten Knie, ihre geplagten Füsse sah man doch, die im Takt eines gellenden Trauermarsches – Trommeln und Trompeten – mehr wankten als schritten. Ihre Mühsal brachte die Heiligen oben ins Wiegen, hin und her, wie Wellen ein Schiff; aber die regelmässige Bewegung hatte auch etwas von einem Tanz. «Ihr stellt des Leids Gebärde dar / Ihr meine Kinder, ohne Leid.» Die Qual der Via Dolorosa blieb an den menschlichen Trägern hängen, auch wenn sie im Schmettern der Kapelle dahinter unterging, aber die Last war so schwer, dass sie sie alle fünfzig Schritte abstellen mussten, um Atem zu schöpfen. Der Stillstand gab dem Publikum Gelegenheit, den göttlichen Figuren Verehrung zu erweisen mit Blumen, Knien und Kreuzschlagen, aber auch Zurufen, je nachdem: klagend oder aufmunternd, wie man die eigene Mannschaft im Stadion anfeuert. Tonart und Stimmung wechselten in den Tagen von Karfreitag bis Ostern, dem Fortschritt der Heilsgeschichte folgend, die in den überlebensgrossen Gestalten vorüberschwankte, bis zum Tiefpunkt der Kreuzigung, und zum österlichen Höhepunkt des Auferstandenen im weissen Gewand, der über allem und allen die Arme ausbreitete, wie auf Golgota, jetzt aber von jedem Kreuz befreit. Das Publikum wechselte, aber es blieb und wachte drei Tage und Nächte durch, anders als der Jünger im Garten Getsemani, den man auf einem andern Floss hatte vorbeischwimmen sehen, die grossen Schläfer, während ihr Herr zwei Schritte entfernt allein und gottverlassen betete, sein Vater möge den Kelch doch an ihm vorübergehen lassen. Aber im Publikum trank man auch, knabberte den Proviant, den man für die lange Nacht mitgebracht hatte, die Señores liessen ihre Zigaretten nicht ausgehen, wenn der Gekreuzigte vorbeigetragen wurde, viele Frauen hatten ihre müden Kinder im Arm, die Grösseren rannten auf der Strasse herum, bis der nächste *Thron* sie zu ihren Eltern zurückscheuchte, aber auch diese plauderten und schäkerten in den Pausen der Prozession, die den Trägern am nötigsten waren, bis das Klopfzeichen, Holz auf Holz, befahl, die Balken wieder zu schultern wie ein Mann, weil sie anders nicht zu heben gewesen wäre, und im strengsten Gleichschritt weiterzustapfen. Wo die heiligen Bilder hinkamen, dämpften sie die Stimmen, bildeten eine Insel der Andacht, es kam aber auch vor, dass eine Zigeunerfrau (das korrekte Wort gab es noch nicht) in einen grellen

Gesang ausbrach, dem nicht anzuhören war, ob er Klage oder Jubel bedeutete.

Den tiefsten Eindruck aber machten mir die Kapuzenmänner, die dem Zug vorangingen, in freier Formation und in einer Haltung, die ihren Rang bezeichnete; es waren Mitglieder der Bruderschaft, gehobene Laien der Kirche, die ihren Anteil an der Heiligen Woche definierten und organisierten. Halb Ordnungshüter, halb Würdenträger gingen sie den *Tronas* voran, im Gleichschritt der Träger, doch ohne ihre Last, in schwarzem, weissem oder zweifarbigem, ganz verschlossenem Kostüm, das nur Füsse sehen und in einem Sehschlitz ihre Augen ahnen liess. Ihre überspitzen, überhohen Hauben hüpften wie Bojen auf der Menschenflut, und setzten den Heiligenbildern, für mein Gefühl, nicht nur einen mysteriösen, sondern einen dämonischen Reiz zu. Sie erinnerten mich an die Ku-Klux-Klaner, von denen ich bei Karl May gelesen hatte (im zweiten Band von «Winnetou»), der in meiner Jugend selbst noch als verbotener Autor herumgereicht und umso inbrünstiger verschlungen worden war. Es gab auch Gugelmänner, deren spitze Haube geknickt war, als besonderes Zeichen ihrer Bussfertigkeit, wie mir ein deutscher Herr erklärte, der sich als gestandener Mitwisser der spanischen Frömmigkeit geoutet hatte. Am hellen Tag behalte sie etwas von einer Fiesta, in der Kar-Nacht aber, wenn alle Lichter der Stadt gelöscht wurden, kämpfe sie mit den kerzenhellen Heiligenbilder, den Fackeln der Gugelmänner gegen die Finsternis an und imponiere zugleich als Teil dieser Finsternis. Das erlebte ich mit eigenen Augen: aber auch, dass die Festlichkeit im Publikum viel eher erregt wurde, als dass sie zur Ruhe gekomen wäre. Die Menge benützte den Schutz des Halbdunkels für mutwillige Heimlichkeiten, Plaudern und Lachen kamen auf, sobald ihr ein Heiligenbild den Rücken gekehrt hatte. Die Natur verlangte österliche Rechte, bevor der abgesegnete Tag dafür gekommen war: auch die Passion hielt sich an keinen Kalender.

6

Doch bei Tag oder Nacht beherrschte *eine* Figur die «Heilige Woche»: die Gottesmutter als Himmelskönigin im weissen Prachtkleid, mit einem Sternenkranz als Heiligenschein. Sie hatte am meisten gelitten; jetzt war sie der Star in der Geschichte des Heils und durfte das Glück der Gnade *leibhaft* verkörpern, glaubhaft und strahlend für alle gewöhnlich Sterblichen. Als ich meinen deutschen Gewährsmann fragte, wer denn zum Tragen *dieser* Figur bestimmt sei, erklärte er: das seien junge Männer, die gebeichtet hätten, die Muttergottes gelästert zu haben. – Gelästert? – Vielleicht sind sie ihr im Traum zu nahe getreten. Dann wird ihnen vom Beichtvater auch die entsprechende Busse auferlegt – sie müssen für sie unters Joch, aber das ist auch eine Begnadigung, wenn Sie mich verstehen. – Ich verstand wenigstens so viel, dass ich Passion und Erlösung zum ersten Mal als *Einheit* erlebt hatte – gesättigt von der Fülle des Menschlichen im Allzumenschlichen, und umgekehrt. Drei Tage unter dem Tonnengewicht der heiligen Jungfrau – da weiss einer, was er getan hat.

(Und wird es wieder tun.)

Katholischer geht nicht, wenn das Wort bedeutet: das Ganze ergreifend und in Gnade umfassend. Für meinen Vater wäre es der reine Götzendienst gewesen. Und doch verdanke ich gerade ihm eine Geschichte, die er mit seinem ältesten Sohn, meinem Halbbruder erlebt hatte. Als der zehn Jahre alt war, besuchte unser Vater, als Anschauungs-Unterricht, vielleicht auch zur Warnung, mit ihm eine Ostermesse im Kloster Einsiedeln. Nachher fragte der Sohn: Vater, warum werden wir nicht katholisch?

7

Walter ist nicht katholisch geworden, dafür Verfasser einer «Tragischen Literaturgeschichte». Ich aber bin vor Kurzem wieder in die reformierte Kirche eingetreten.

Weil ich den Frieden mit meinen Wurzeln suche? Vor allem, weil die Kirche hütet, was am Menschen nicht aufgeht. Mein Erweckungserlebnis waren Jacob Burckhardts «Weltgeschichtliche Betrachtungen».

Danach braucht der Mensch im Leben dreierlei: Einen guten Sinn, eine erträgliche Ordnung – und die Freiheit von beidem. Der grosse Historiker nannte die drei Grundbedürfnisse *Potenzen* und nennt sie «Religion», «Staat» und «Kultur». Alle drei sind gleichberechtigt und gleich nötig, *und* (nicht: *aber!*): Sie widersprechen einander. Sie «ergänzen» einander durchaus nicht, jede Potenz versucht, die andern zu unterwerfen und ihrer Macht – und ihrer Logik – dienstbar zu machen.

Der «Kirche» und dem «Staat» gelingt es regelmässig – aber nicht auf die Dauer. Da ist die Freiheit davor – die «Kultur». Aber ihre Dominanz ist die gefährlichste. Denn sie ist irreversibel. Da stecken wir gerade mittendrin. Aber man muss es erklären.

«Kultur» fängt bei Burckhardt nicht bei der griechischen Tragödie an und hört nicht beim Dadaismus auf, Andy Warhol oder der *Art Basel*. Die Freiheit, die sie meint, hat vielmehr bei der Handels- und Gewerbefreiheit angefangen: Wenn ich ein Gut des Fremden haben will, lohnt es sich auf die Dauer mehr, mit ihm zu handeln, als ihn zu berauben.

Die Freiheit der Kultur beruht zuerst auf der Freiheit des Marktes. Das Unheil beginnt, wenn sie dort nicht enden kann. Dann entwickelt sich der Markt zum Meister aller Werte, die von Haus aus ganz andere Prioritäten hätten. Sich gut zu verkaufen, wird dann auch zum Leitgedanken der Kirche, des Staates, des Individuums. Das Mass für diese Errungenschaft ist die Zahl – die grössere Zahl, auch Profit genannt. Fakt ist, was sich rechnet, und wir erfinden Maschinen, die beim Rechnen nicht zu schlagen sind. Die Statistik ersetzt die Geschichte, das heisst: das gemeinsame Gedächtnis.

Das nennen wir nicht mehr Kultur, denn es ist auch keine. Aber es läuft immer noch unter ihrem alten Decknamen «Freiheit».

Die anderen Potenzen hatten davon ganz andere Vorstellungen. Der Staat der Französischen Republik hatte sich ausser der *Liberté* auch die *Egalité* vorgenommen, sogar die *Fraternité*. Diese Zusätze sind dem freien Markt nur lästig. Zu teuer! Lohnt sich nicht!

In der Corona-Krise – und angesichts der «ökologisch» genannten Herausforderung – zeigt sich, dass der freie Markt, zum Sachzwang erhoben, selbst zu teuer, ja unerschwinglich ist, wenn die Zivilisation nicht sich selbst zerstören will.

In der Religion gab es einmal die «Freiheit eines Christenmenschen». Sie führt einen Doppelsinn mit, den man weder rechnen noch politisch begründen kann. Bei Luther lautet er: «Ein Christenmensch ist ein freier Herr über alle Dinge und niemand untertan.» Und: «Ein Christenmensch ist ein dienstbarer Knecht aller Dinge und jedermann untertan.»

Mit dieser Maxime lässt sich kein Staat machen, für die Betriebswirtschaft hat er keinen Sinn. Das aber heisst, dass *allen* Potenzen etwas zu jenem Gleichgewicht fehlt, das eine Zivilisation erst zur wirklichen Kultur macht: zur Anerkennung jenes «Ganzen» des Menschen, das aus Widersprüchen besteht, sie anhört, würdigt – und geniesst. Für Burckhardt verkörperte sich dieser Glücksfall im Begriff der Polis, und als Pessimist wusste er nur zu gut, dass er in der Menschheitsgeschichte die glänzende Ausnahme ist. Oft braucht sie ein grosses Unglück, wie Athen vor 2500 Jahren den Peloponnesischen Krieg (und auch schon: die Pest), um *vorstellbar* und sogar: obligatorisch zu werden.

Auf dem Hügel der Akropolis wirkten die drei Potenzen Hand in Hand. Im Theater erlebten die Bürger, dass die Widersprüche des Menschen unauflöslich sind, aber auch berechtigt; dass man davon reden kann und muss. Auf der Agora wird diese Kunst praktiziert – und vom Geräusch des Marktes (der «Banausia») getrennt: Kuhhandel und Gemeinwohl sind zwei paar Schuh. Im Parthenon aber – dem Sitz der Stadtgöttin – holt man sich den Segen der Weisheit dazu. Das ist das Modell der Balance, das Burckhardt für seine drei «Potenzen» vorschwebt. Es bleibt labil und hält sich nie lange. Aber im 21. Jahrhundert haben wir die stärksten Gründe, dieses Gleichgewicht immer noch, noch einmal für möglich zu halten. Sonst verzehren wir die gemeinsame Lebensgrundlage und werden aus Herren der Erde zu ihren Parasiten – ohne Zukunft.

8

Was meinen Kircheneintritt betrifft, betrachte ich ihn als – nur für mich selbst – erheblichen Versuch, mich in Burckharts Polis einzubürgern und, wie bescheiden immer, nicht nur Teil des Problems zu sein, sondern Teil seiner Lösung. Die Kirche steht – wie unvollkommen immer – für eine Potenz, die uns *fehlt*: So sehr, dass wir davon kaum noch eine Vorstellung haben. Aber für das, was mich in eine christliche Gemeinde zurückgeführt hat, verwende ich am liebsten den Leitsatz Spinozas, eines im 16. Jahrhundert ausgewanderten portugiesischen Juden, der nur im freien Holland nicht als Ketzer verfolgt wurde: *Deus sive natura.* Gott, auch Natur genannt.

Damit meinte er den Gott, der mir nicht erst am Kreuz, sondern in jedem Stück Holz begegnet, und in jedem Baum, der im Regenwald für den Judaslohn des Profits umgelegt wird. Diesem Gott kann ich auch in mir selbst wiederfinden. Denn ich bin ein Stück jener Natur, die wir – mit allem Grund – als gefährdet betrachten. Aber auch die Gefährder sind wir, die Menschen. Meine eigene Hinfälligkeit erinnert mich ausreichend daran, dass ich in keiner «Umwelt» lebe – Zivilisation ist kein Zuschauersport –, sondern schlicht in der Welt, wie sie ist. Und ohne Bindung an ein «Oberes Leitendes» verliert sie ihren guten Sinn, das heisst: Den Zusammenhang von allem mit allem, der mir 1953 in Spanien begegnet ist. Heute zeigt sich dieser Zusammenhang als heilig. Man muss kein Christ sein, um das zu fassen. Aber Jesus hat mir dabei geholfen: «Wahrlich, ich sage euch: Was ihr einem meiner geringsten Brüder getan habt, das habt ihr mir getan» (Mt 25,40).

Und an der *Semana Santa* (damals noch kein Unesco-Weltkulturerbe) ist mir aufgegangen: Der Mensch muss nicht sein, was er spielt, aber er spielt immer, was er ist. Das trifft mich, auch als Schriftsteller.

Und das war mein Ostern.

AUF DIESEN TOD KANNST DU BAUEN / *Linard Bardill*

Anfangs liebte sie ihre Halluzinationen. Mindestens zeitweise. Sie wandelte da in Sphären, die kein Mensch für möglich hält, wenn er es nicht selbst erlebt. Klar DMT war immer im Spiel gewesen. Das weisse Pulver der Amazonas-Liane, das zuerst das Ich überflüssig macht und dann diesen Outkick auslöst. Sie hatte sich jedes Mal wie im Zustand des Todes gefühlt. Der Tod ist ewig. Aber sie lebte in diesem Tod und sie wusste, dass so etwas kein Mensch sonst erfahren kann. Kein Mensch. Denn der Tod hat nichts Menschliches. Weil der Mensch nur Mensch ist, solange er lebt.

Und dann fliegst du neben dem Leben her auf dem schwarzen Tod. In diesem Nichts, in diesem Ohne-Leben. Vollständig. Und wer es mit einem schwarzen Loch vergleicht, hat keine Ahnung. Ein Loch ist immer noch ein Loch, aber dieser Flug ist kein Flug, kein Trip, keine Halluzination, es ist das einzig Wirkliche, das Einzige, worauf du dich verlassen kannst, auf diesen Tod kannst du bauen, ein ganzes Universum, denn da gibt es nichts, das dich verschlingen könnte, du bist schon verschlungen, umschlungen von nichts, von Nacht, die aber keine Nacht ist, denn Nacht gibt es nur auf der anderen Seite des Tages, doch diese Schwärze hat keine andere Seite.

Die Mutter hatte gesagt: «Nur das nicht! Nur nicht zum Arzt. Dann denken alle, du bist wahnsinnig und du wirst nie einen Job bekommen.»

Aber sie war nicht mehr heruntergekommen, oder herauf. Auf dem Ewigen sei sie gelandet, hatte ihr Markus, ein Goa-Kumpel gesagt. Es sei der Mix, der mache es aus. Und dünnhäutig sei sie halt, ein Sensibelchen. Irgendwann wäre sie auch ohne Dope auf den Ewigen gekommen, hatte er ihr gesagt.

«Ich nehme das Zeug seit zwanzig Jahren, ohne Folgen, und ich kann es noch zwanzig Jahre lang nehmen. Aber du, du hast den gewissen Blick schon ohne Dope. Ich seh's allen an. Mich könntest du anstellen und ich würde jedem, der an die Party kommt, sagen können: Du nicht. Du, nicht einmal MDMA, nicht einmal Gras. Du lässt es einfach bleiben, dann hast du eventuell noch zwei bis drei Jahre, bevor es dir die Birne weghaut.»

«Ach, halt doch den Rand!», hatte sie ihm gesagt. Aber er hatte Recht behalten. Jetzt war sie durchgesackt. Und das DMT, das hatte ihre Zirbeldrüse gehostet. Lampe aus. Dafür hatte sie Stimmen im Kopf: Eine, die sie fertig machte, und die andere, die vorgab, sie zu retten. Und hunderte andere, die kamen und gingen. Laut. Anfangs hatte sie sich noch umgedreht, um zu sehen, wer da sprach.

Sie war zum Arzt gegangen. Drogeninduzierte, paranoide Psychose. Sofort in eine Klinik.

Klinik o. k. Aber nicht mit dem Auto. Um keinen Preis! Der Vater war seit dreissig Jahren nie Zug gefahren, er liebte seinen roten Alfa, und nun musste er seine psychotische Tochter mit ÖV ins Burghölzli bringen.

Eigentlich mochte sie ihren Vater. Aber noch eigentlicher war er an allem schuld. Er war Ziel all ihrer Verzweiflung, ihres Hasses. Er stand am Anfang. Das wusste sie.

Vor Horgen hatte es ein Personenereignis gegeben. Ihr war es von vornherein klar gewesen, das hatte der Typ in ihrem Kopf so eingerichtet, der hatte sie um jeden Preis davon abhalten wollen, in die Klinik zu gehen, darum hatte er jemanden vor den Zug geschubst. Todsicher! Aber sie konnte nichts dafür. Sie hatte niemandem einen Auftrag gegeben.

«Du bist eine Drecksschlampe. Dich interessiert keiner von denen. Weder die Frau, die ich auf die Gleise gestossen habe, noch der Lokführer. Da können Fleischfetzen an der Lokomotive hängen, und der Lokführer, dem sie noch gerade ins Gesicht geschaut hatte, bevor sie sprang, er wird den Blick nie mehr los. Vielleicht dreht er durch, bestimmt muss er den Beruf aufgeben. Alles wegen dir. Weil du deinem Alten noch eine kurze Lektion erteilen musstest. Alles wegen dir. Aber das geht dir am Arsch vorbei. Nur, um deinem Alten eins reinzuhauen. Armes Schwein. Dein Vater. Armes Schwein.»

«Hör auf, mich zu quälen, ich muss durchhalten, bitte hör auf!»

Zwei Stunden hatten sie warten müssen. Und als sie endlich am Hauptbahnhof in Zürich ankamen, musste sie sich beim Vater einhaken, sonst hätte sie es nicht bis zum Tram geschafft.

Doch auf dem Bahnsteig hatte sie ihm noch klar gemacht, dass er ein Verräter sei, der Mörder ihrer Seele. Diese Gewissheit, Motor ihres Hasses und ihrer Getriebenheit, war der einzige Grund, warum sie nicht zusammenbrach, warum sie noch stand, ging. Er würde eines Tages die Strafe erhalten, dass sie sich hinter den Klinikmauern umbringen würde. Das machte sie stark.

«Aber du wolltest doch selber in die Klinik, Mädchen!», hatte er gesagt und sie mit seinen Hundeaugen angeschaut.

Wenn sie die Polizei gebracht hätte oder ein Krankenauto. Aber nicht der Alte! Das würde sie ihm nie verzeihen. Und wenn sie sich umbrachte, dann war es wegen ihm ... Oder wegen den Stimmen im Kopf, diesen verfluchten Stimmen.

Das DMT und das LSD, die Salvia Divina und die unzähligen anderen Substanzen, die hatten übernommen. Das Nichts hatte sich in eine Überschwemmung von Stimmen und Visionen umgestülpt.

Unter den Leuten, die ihnen entgegenkamen, hatten sich Killerroboter gemischt. Die sahen zwar aus wie Menschen, aber sie sah genau, welcher ein Cyborg war, der nur darauf wartete, sie auszulöschen. Die andere Stimme, die angenehme, warnte sie jedes Mal, wenn ihr einer zu nahe kam. Sie duckte sich, riss sich los, wechselte die Seite. Ihr Vater versuchte, ihr zu folgen. Aber sie nahm ihn schon nicht mehr wahr. Alles war zu Farben, zu Halluzinationen, zu Monstern geworden, jeder Gedanke war hörbar in ihrem Kopf und echote in ihrem Gehirn.

Der Vater lieferte sie ein und wartete bis den Arzt ihm erklärte, seine Tochter habe eine Spritze bekommen, und es werde jetzt ein paar Tage gehen, man werde ein gutes Medikament finden, was aber bedinge, dass man halt ausprobiere, *try and error*, es gehe nicht anders, bei einem brauche es vier bis fünf Versuche, beim andern nur einen oder zwei, aber man werde das schon hinkriegen, er solle den Kopf nicht hängen lassen und vielleicht am Anfang nur einmal pro Tag anrufen, Maja könne jederzeit raustelefonieren, wenn sie das wolle.

Nach sechs Wochen holten die Eltern Maja aus der Universitätsklinik ab. In den Rabatten des Klinikinnenhofes blühten die Osterglocken und aus der Stadt klangen sie herüber. Maja hatte es so gewollt und die Ärzte und ihre Eltern dazu gebracht, ihre Entlassung auf den Ostersonntag zu legen.

Ihrem Vater kam es merkwürdig vor, er traute der Sache nicht. Maja hatte sich nie für Religion oder die Bibel interessiert. Als sie am Austrittsgespräch vor Ostern aber erklärte, sie wolle ihre Auferstehung feiern, hatte er nur gefragt, ob das auch mit dem Auto gehe. Maja hatte ihn angeschaut und gesagt, sie wisse, was Christus in den drei Tagen nach seinem Tod durchgemacht habe.

Der Vater hatte ihre Hand genommen und gesagt: «Ist alles gut, Mädchen.»

Sie stiegen in den roten Alfa Romeo und fuhren zurück nach Hause und der Vater überlegte sich, wie viele Auferstehungen seine Tochter wohl noch erleben werde. Und er mit ihr.

DER VORHANG / *Catherine McMillan*

Eine Geschichte aus dem schottischen Hochland

Ein Hahn krähte und zerrte am schweren Vorhang, der den Tag noch verdeckte. Ich lag starr im fremden Bett. «Du hast mich verraten!», hatte er durch den Hörer in mein Ohr gezischt, als ich mit zitternden Händen endlich angerufen hatte. Hatte ich ihn verraten? Was hätte ich denn sonst machen sollen?

Schon wieder kauerte ich auf dem Küchenboden, meine Hände über dem Kopf, meine Knie hochgezogen vor dem schwangeren Bauch, während er mit einem Besenstiel auf mich einschlug. Weil der Drittklässler den Bus verpasst hatte, obwohl er, sein Vater, eigentlich alles im Griff hatte – bis ich ihn ablenkte. Warum war ich überhaupt aufgestanden? Der Frauenarzt hatte mir das Liegen verordnet. Aber Sean hatte vergessen, für seine Prüfung zu lernen. Morag suchte im ganzen Haus nach ihrem Schulheft und Lorna nach ihrer Lieblingsstrumpfhose. Ich hatte helfen wollen. Aber ich hatte dabei meinen Mann in seinem Stolz verletzt. Er hatte angeboten, die Kinder für die Schule fertigzumachen, und dann war ich dazwischengekommen.

Ich drehte mich leise und merkte, dass das Kopfkissen nass war. Auf einer Liege im selben Kellerraum schlief mein Ältester. Er hatte gesehen, wie ich ins fremde Auto stieg. Schlimmes ahnend hatte er Kieselsteine gegen das Auto geworfen. «Nimm ihn mit», hatte die Nachbarin meiner Freundin gesagt. «Er kann auch bei uns schlafen.»

Und hier waren wir im Kellerschlafzimmer, in dem meine Freundin, die Frau eines Anwalts, Unterschlupf fand, wenn ihr Mann gewalttätig wurde. Sie hatte schon damals ein Handy. Ich nicht. Ich hatte auch kein Auto, kein eigenes Konto, obwohl ich die Pfarrstelle mit meinem Mann teilte. Wir teilten auch dieselbe Agenda, denselben Schreibtisch, denselben Computer. Es gab keine Sphäre, keinen Ort ausserhalb seines kontrollierenden Blicks.

Danach war er schnaufend ins Arbeitszimmer gegangen. Ich hatte die Glasscherben zusammengekehrt und mich weinend aufs Sofa gelegt. Als er wieder durchs Wohnzimmer schritt, sagte er im Vorbeigehen: «Ich bin mir keiner Schuld bewusst.» Als ich irgendwann zum Telefon griff, schoss er um die Ecke und legte den Hörer wieder auf: «Du wirst deine Mutter nicht anrufen!» Ich erschrak. Genau das hatte ich machen wollen, obwohl ich sie fast nie anrief. Edinburgh war weit im Süden, viele Berge und Seebrücken von uns entfernt. Wie konnte er wissen, dass ich sie anrufen wollte? War er in meinem Kopf? So oft hatte er zu mir gesagt: «Ich kenne dich. Ich weiss genau, was du denkst.»

Am nächsten Tag wartete ich, bis er zu einer Sitzung gegangen war, dann wagte ich es, die Handynummer meiner Freundin zu wählen. Sie war die einzige Eingeweihte, die Einzige, die hinter unsere fromme Fassade blickte. «Geh zu meiner Nachbarin», sagte sie. «Bleib dort, bis er einwilligt, dass ihr eine Therapie macht.»

Einen Brief hatte ich hinterlassen: «So geht es nicht weiter. Wir müssen eine Therapie machen.» Dann am Abend rief ich ihn an. «Verräterin!», knurrte er. «Wie konntest du?! Das ist alles ein Versuch des Teufels, unsere Ehe und unsere Arbeit zu zerstören. Kein Therapeut könnte unsere besondere Situation verstehen!» Seine Stimme zitterte vor heiligem Zorn. Es war ausweglos. Ich war kraftlos. «Er spinnt», dachte ich. «Unser Leben dreht sich immer schneller, bis wir alle hinausgeschleudert werden ins Nichts.»

Aber das war am Abend gewesen. Jetzt war die Sonne aufgegangen. Alltägliche Geräusche drangen zu uns nach unten. Vielleicht war das alles nur ein Albtraum, nur ein Missverständnis. Etwas beschämt ging ich hinauf, liess mir die Dusche zeigen. Und als Sean mit den anderen am Esstisch sass und Marmelade auf eine dicke Scheibe Brot strich, schlich ich mich mit dem schnurlosen Telefon wieder in den Keller, um nochmals zu telefonieren.

Dieses Mal war seine Stimme weich und voller Reue. «Ich rufe am Montagmorgen an. Ich finde einen Therapeuten für uns. Bitte komm zurück. Ich liebe dich!» Langsam atmete ich durch. Meine Freundin hatte Recht gehabt. Ich hatte ihm nur eine Grenze aufzeigen müssen. Jetzt würden wir die Kurve kriegen. Mit dem vierten Kind unterwegs war das auch bitter nötig. Diese lieben Nachbarn der Freundin waren verschwiegen. Nichts würde nach aussen dringen. Die Kirchgemeinde würde nicht darunter leiden. Die Anspannung und der Schmerz der letzten Tage und Wochen fielen von mir ab. Für unsere Familie, für unsere Kinder gab es noch Hoffnung.

An diesem vorfrühlinghaften, sanft-sonnigen Samstag im März stiegen wir in der Nähe des Pfarrhauses aus dem Auto. Die Tür wurde uns von innen aufgemacht. Mein Mann war im Anzug. Morag und Lorna standen hinter ihm. Er hielt ein von Hand geschriebenes Schild: «Bitte vergib mir!», und sank damit in die Knie, schaute mich mit bettelndem Blick an. Alle Kinderaugen richteten sich auf mich. Es war mir peinlich, aber ich bückte mich zu ihm und küsste ihn. Dann breitete ich meine Arme aus, um die Zwillinge in Empfang zu nehmen, aber sie wichen zurück und schauten mich zornig an. Verwirrt schaute ich zu meinem Mann, der inzwischen aufgestanden war. Sein Blick war wieder hart: «Sie sind dir böse, weil du sie verlassen hast.»

Ich erstarrte. Nein, ich hatte sie nicht verlassen. *Ihn* hatte ich verlassen, und das nur kurz. Die Armen! Sie hatten gedacht, dass ihre Mutter sie verlässt! Der Schmerz und die Last waren wieder da. Egal, was ich machte, es war falsch. Ich schaute auf den Boden. Mein Blick fiel auf das Kirchenblatt, das durch den Briefschlitz ins Haus gefallen war. «Mein Gott, mein Gott, warum hast du mich verlassen?» Diese Betrachtung zur Passionszeit hatte ich selber geschrieben: «Was könnte schlimmer sein, als verlassen zu werden? Das hat Jesus am Kreuz erlebt.» «Aber was nützt das uns jetzt», dachte ich. Verrat, Folter, Verlassenheit – das alles erleben wir ja auch, zumindest im Kleinen, als ob Jesus nie für uns gestorben wäre.

Irgendwann im Laufe des Nachmittags schaffte ich es, das Vertrauen der beiden Mädchen wiederzugewinnen. Es war ruhig im Haus. Ich lag auf dem Sofa und las aus ihren Lieblingsbüchern vor. Als die Kinder schliefen und mein Mann im Büro noch an seiner Predigt tippte, liess ich meine Gedanken zurückschweifen. Es hatte eine Passionszeit gegeben, als wir beide zu Fuss mit Ruck- und Schlafsack auf der Insel Skye unterwegs gewesen waren. Von Karfreitag bis Ostern hatten wir bei Wind und Sonne am Strand gefastet und die Bibel gelesen. Die Kraft der Liebe hatten wir gespürt wie die Sonne auf warmen Steinen. Wir waren unzerstörbar. Vor uns lag eine glänzende Zukunft.

Die Spannungen fingen mit dem Theologiestudium an. Unsere Auffassungen und Erfahrungen liessen sich nur mit gedanklicher Gewalt miteinander verbinden. Dass ich überhaupt Pfarrerin werden wollte, konnte seine Familie aus dem

Norden nicht verstehen. Dann kam das erste Kind. Alles fiel aus dem Gleichgewicht. Aber mit eisernem Willen bewältigten wir die Krisen, wir überwanden die Hürden. Ich stillte in den Vorlesungen und wir schafften unsere Prüfungen, noch bevor die Zwillinge auf die Welt kamen. Ich wurde eine der ersten ordinierten Frauen der *Highlands and Islands*. Aber die vielen Rollen – Mutter, Ehefrau, Seelsorgerin – drohten, mich zu ersticken. So viele Dogmen, Konventionen, Erwartungen, so viel Druck, vor allem vom eigenen Mann, der sich selbst als Haupt der Familie und Hauptleiter der Gemeinde sah. Langsam ging mir die Kraft aus, für mich und für das, was ich für richtig hielt, zu kämpfen. Und je mehr ich nachgab, desto mehr verachtete ich mich selbst – und auch ihn. Ich hatte keinen Zugang mehr zu dieser Liebe auf der Insel.

Was mir fehle, sei Demut, sagte er mir oft. Ich entschuldigte mich deswegen auch laufend, meist schon im Voraus. Aber das seien nur Lippenbekenntnisse – es komme nicht von Herzen, belehrte er mich. Wenn ich nicht bereit sei, mit ihm jeden Morgen um fünf auf den Knien für die Gemeinde zu beten, sei ich nicht würdig, die Gemeinde mitzuleiten. Ich müsse mit Jesus wachen und beten wie im Garten Getsemani, sagte er. Nur so könne man den Feind abwehren. In mir schrie es: «Aber wenn die Kinder nachts mit Albträumen aufwachen, stehe immer ich auf. Ich kann nicht beides! Ist das nicht auch ein Wachen und Beten, beim verängstigten Kind da zu sein und es fest umschlossen zu halten? Jesus sagte doch: ‹Was ihr einem dieser meiner geringsten Brüder getan habt, das habt ihr mir getan.›» Aber ich blieb stumm.

Ich hörte durch die Tür das harte Klick-Klick der Computertasten. Gott sei Dank musste ich nicht morgen auf der Kanzel stehen. Ich hatte manchmal nach heftigem Streit predigen müssen, mit verweinten Augen und einmal sogar mit einer geschwollenen Lippe – das war an Weihnachten gewesen. Das hätte ich verdient, hatte er mir zu verstehen gegeben. Es geschehe mir recht. Das sei die Strafe dafür. Am liebsten wollte ich schlafen, ganz lange schlafen. Aber etwas in mir sagte: Warte. Erinnere dich. Früher warst du nicht so mutlos und depressiv. Früher warst du fröhlich, mutig, frei. Etwas ist jetzt sehr verkehrt. «Vielleicht muss ich wirklich Hilfe holen», dachte ich. Kann es falsch sein, die Wahrheit ans Licht zu bringen? Ist das wirklich Verrat?

Und auch wenn! Eine eiternde Wunde kann nur heilen, wenn sie geöffnet wird. Meine Schwiegermutter, ohne deren Hilfe ich nach der Geburt der Zwillinge zugrunde gegangen wäre, sagte zwar immer: «Sei ruhig, sag nichts – um des lieben Friedens willen.» Aber was war das für eine Strategie? Je mehr man etwas unterdrückt, desto kränker wird das Ganze. Und wie war das nochmals mit dem Kreuz? Jesus war nicht ruhig! Er schrie. Er bäumte sich am Kreuz auf und klagte das Unrecht an. Und auch davor! Er provozierte. Er sagte, was Sache ist, wo die Dinge schiefliegen, wo Menschen unterdrückt werden. Und er machte ihnen und ihren Peinigern klar, dass das nicht im Sinne von Gott sei. Nein, auf keinen Fall. Jesus war gekommen, damit sie das Leben in Fülle haben, damit sie sich aufrichten, damit sie frei sind.

Mein ganzes Weltbild bebte. Dogmen spalteten sich in meinem Kopf. Es war nicht mein Schicksal, in diesem Grab zu leben, hinter dieser heuchlerischen Fassade. Das schwere Gewebe aus Regeln, Konventionen und Plattitüden, das mich und meine Familie vom wahren Leben trennte, bekam einen Riss. Ein Lichtstrahl schoss durch den Spalt und durchflutete mich mit Wärme. Gott ist Liebe. Gott liebt diese Welt. Gott will, dass wir frei sind.

Ich spürte, wie das Kind einen Fuss in meine Rippe stiess. «Ja», sagte ich und schob den Fuss sachte zur Seite. «Bald bist du frei. Und deine Mama auch.»

LEERE SEELEN / *Achim Kuhn*

Karfreitag, 25. März 2084

Er war neu auf dem Schiff. Es war eines der zahllosen Fischerboote, das die Küsten der Bretagne abfuhr. Nur einige dieser uralten Nussschalen trauten sich weiter aufs Meer hinaus. Aber wo auch immer sie ihre Netze auswarfen: Die Fischer, genauer: Strafgefangenen, konnten froh sein, wenn sie genug fingen, um nicht selbst zu verhungern. Die Meere waren leer gefischt. An Land anzulegen war aber nur erlaubt, wenn es einem befohlen wurde oder wenn man einen nennenswerten Fischfang vorzuweisen hatte. Das gelang selten. Ziel aller Bootsbesatzungen blieb es dennoch, einen ganz grossen Fang zu machen. Das wäre wie ein Jackpot. Als Lohn winkte dann die Freiheit. Das Leben auf diesen Strafbooten war trostlos.

Aber auch an Land war die Bevölkerung verelendet. Grund waren die vielen Pandemien der letzten Jahrzehnte, die seit Covid-19 alle paar Jahre aufgetreten waren; dazu kamen Umweltkatastrophen und globale Wirtschaftskrisen. Alles hatte je eine tiefe Schneise in den Wohlstand gefressen. An dessen Stelle wucherten Armut, Angst und Misstrauen. Die Menschen hatten sich im zunehmend härteren Kampf

ums Überleben verändert. Man gönnte sich gegenseitig nichts mehr. Das konnte man sich nicht leisten. Altruismus galt schon lange als etwas Schlechtes. Alle Religionen und atheistisch-humanistisches Gedankengut waren vor ein paar Jahren endgültig verboten worden.

Die Weltregierung sorgte mit harter Hand für Ordnung. Demokratie meinte jetzt *Herrschaft für das Volk*. Gesundheit und Sicherheit waren die höchsten Werte; nur wirtschaftlich galt eine absolute Freiheit.

Er – Yannick – hatte vor fünf Jahren eine brotlose Ausbildung abgeschlossen: Studium alter Religionen und Kulturen. Er war kein Religionsfeind geworden, was eigentlich das Ziel des Studiengangs war; er bezeichnete sich als religionsskeptisch. Mit seiner Ausbildung hatte er keine Stelle gefunden. So war er Steuerbeamter geworden. Ein gefährlicher Beruf, wie er zu spüren bekam: Er hatte die Steuererklärung eines einflussreichen Mitglieds der Regierung detailliert geprüft. Ein Fehler! Yannick waren – «aufgrund früherer Verdienste» – immerhin zwei Alternativen vorgeschlagen worden: entweder fünf Jahre «Teufelsinsel» oder so lange auf einem Fischerboot leben, bis ein grosser Fang eine Rückkehr an Land und damit in die Gesellschaft erlaubte. Aber eben: Das geschah sehr selten.

Das Fischerboot *Loïc 8* hatte eine Besatzung von zwölf Mann – eigentlich sieben zu viel für ein Schiff dieser Grösse, aber das Gedränge war gewollt: Es war ja ein Strafboot. Alle – vom Kapitän bis zu Yannick – waren Straftäter. Die einst modernen Navigationsinstrumente der *Loïc 8* – Radar, GPS, überhaupt die ganze Bordelektronik – waren schon lange kaputt; der Steuermann navigierte auf Sicht und mit Erfahrung. Rost glänzte rau zwischen einzelnen Farbinseln. Am Donnerstagabend hatte das Boot für die ganze Nacht im kleinen Hafen von Penmarch in der Südbretagne anlegen dürfen, um Yannick aufzunehmen und um Wasser, ein paar Lebensmittel, Salz, billigen Schnaps, abgetragene Kleider, einige alte Netze und Diesel zu besorgen. Und das Wichtigste: Es gab eine Nacht lang Freigang für die Strafgefangenen.

Als das Boot am frühen Freitagmorgen ablegte, wurde Yannick schlecht. Schuld daran waren nicht nur der modernde Gestank und der ungewohnte Wellengang, sondern auch der Ausblick auf eine öde Zukunft. Alles war sinnlos. Er fühlte sich wie Dreck. Er wankte unter Deck, um sich in die nächstbeste Hängematte im Schiffsrumpf zu legen. Er konnte nicht lange geschlafen haben, als er auf den Boden knallte. Verwirrt sah er über sich das breite Gesicht eines Mannes, der ihn anraunzte: «Nie wieder legst du dich in meine Hängematte! Oder in eine der anderen. Jede dieser Hängematten hat seinen Besitzer.»

«Und wo soll ich …?»

«Du kannst da auf dem Boden schlafen. Dreck zu Dreck.» Drei Männer, die die Szene beobachtet hatten, lachten. Der Mann, der ihn aus der Hängematte geworfen hatte, war gross, schwer und bestimmt schon sechzig Jahre alt. Er schaute Yannick streng an, bis der langsam nickte. In diesem Moment war ein lautes Pfeifen zu hören. Die Männer rannten zur steilen Metalltreppe und verschwanden im Nu in Richtung Deck. Bevor er durch die Luke verschwand, rief der grosse Mann Yannick zu: «Los. Komm mit. Schnell!»

Kaum waren sie alle auf Deck, sahen sie, wie eine Drohne langsam über ihnen kreiste – und dann in der Luft verharrte. «Achtung!», bellte eine Frauenstimme aus dem Lautsprecher der Drohne. Der Kapitän salutierte, die elf Männer standen mehr oder weniger stramm. «Strafgefangene! Ich spreche aus zwei Gründen zu euch: Zum einen, um die Sprachregelungen zu prüfen; zum anderen, weil ich einen Auftrag für euch habe.» Der grosse Mann neben Yannick seufzte leise.

«Kommen wir zu Punkt 1: Sprachunterricht. Was ist das Wichtigste für unsere Welt?»

«Gesundheit!», riefen elf. Yannick staunte, dass die Antworten wie aus der Pistole geschossen kamen.

«Was noch?»

«Sicherheit!»

«Und?»

«Der Schutz der freien Wirtschaft und unserer Regierung!»

«Sehr gut», lobte die Frauenstimme kühl. Scharf fragte sie: «Warum haben Sie ganz links in der Reihe nichts gesagt?» Alle schauten auf Yannick. Der grosse Mann wollte an seiner Stelle etwas sagen, da rief die Stimme schon: «Ihre Meinung ist nicht gefragt. Kapitän?»

«Jawohl!»

«Der Renitente dort, der nicht sprechen will, verdient eine Stunde Wasserbad.»

«Jawohl!»

Der grosse Mann sagte laut: «Er ist nicht renitent, sondern neu. Erst seit gestern hier. Er kennt die Regeln noch nicht.»

Einen Moment lang war es totenstill. Als die Stimme wieder aus dem Lautsprecher kam, war sie leise und schneidend: «So ist das also. Kapitän, wir haben einen Freiwilligen. Offenbar ist der Neue nicht renitent, dafür der Alte hier vorlaut. Er bekommt drei Stunden.»

Der Kapitän zögerte.

«Verstanden?»

«Jawohl!», sagte der Kapitän leise.

«Sehr gut meine Herren. Und nun komme ich zum Auftrag!»

Die Drohne kam dichter an die Männer heran. Das kleine Kameraauge starrte sie an. «Die *Briec* ist ein Schwesterschiff der *Loïc 8*. Ihr habt den Auftrag, das Schiff zu kentern und die Besatzung umzubringen. Das Schiff wird versenkt! Die Ladung und alles, was euch wertvoll scheint, dürft ihr behalten.» Die Männer stutzten, der Kapitän blickte ratlos nach oben. Schliesslich fragte er: «Warum?»

«Den Grund dafür müsst ihr eigentlich nicht wissen; ein Befehl allein sollte genügen. Aber ich habe heute meinen guten Tag und nenne euch den Grund: Ungehorsam in Verbindung mit moralischer Schwäche.»

Ohne ein weiteres Wort ging die Drohne wieder auf Abstand.

«Puh», schüttelte Yannick den Kopf, nachdem sich der Flugkörper etwas weiter entfernt hatte. «Was jetzt?» Einer der Männer zischte und deutete mit dem Kopf westwärts zur Drohne. «Sie beobachten uns – und führen uns zur *Briec* hin.»

«Pierrick! Komm her», sagte der Kapitän ernst und müde. «Du weisst, ich muss dich bestrafen. Tut mir leid.» Und zu zwei anderen: «Helft ihm in unseren Neoprenanzug, damit er überlebt. Macht es sorgfältig – schaut, dass nichts, aber auch gar nichts vom Anzug unter seiner Überkleidung zu sehen ist. Sonst sind wir alle dran.»

Als Pierrick wieder an Deck kam, war ein Käfig für ihn längsseits in den kalten Nordatlantik gelassen worden. Das Schiff tuckerte im Leerlauf bis Pierrick im Käfig war. Dann gab der Kapitän Vollgas, damit der Käfig nicht absackte. Während der ganzen drei Stunden, die Pierrick laut Befehl darin eingesperrt bleiben musste, flog die Drohne über der Szenerie und beobachtete, wie der grosse Mann immer wieder nach Luft schnappte, versuchte, sich an den Stäben festzuklammern und möglichst wenig Wasser zu schlucken.

Als sie nach drei Stunden den unterkühlten Pierrick herausholten, erklärte Yannick sich auf Anfrage des Kapitäns sofort bereit, bei ihm zu wachen. Pierrick wurde aus der Kleidung geschält und warm im Kajütenbett des Kapitäns verpackt. Yannick blieb die ganze Nacht bei ihm. Warum nur hatte Pierrick die Strafe auf sich genommen, die eigentlich ihm gegolten hatte?

Ostersamstag, 26. März 2084

Am frühen Samstagmorgen kam der Kapitän vorbei, fühlte Pierrick den Puls und gab einen zufriedenen Laut von sich. Heisser Tee und Suppe wurden gebracht. Zwei Stunden später war Pierrick so wach, dass er die Suppe schlürfen und schluckweise Tee trinken konnte.

«Danke», sagte Yannick.

«Wofür?»

«Dass du die Strafe auf dich genommen hast.»

Pierrick zuckte mit den Schultern.

«Diese Tätowierung auf deiner Brust...», begann Yannick zögernd.

«Ja?», fragte Pierrick misstrauisch. «Was ist damit?»

«Das ist ein Kreuz!»

«Das geht dich nichts an.»

«Warum ein Kreuz? Das ist doch ein religiöses Symbol. Und die sind verboten! Religion ist verboten.»

Pierrick schaute ihn durchdringend an. Schliesslich sagte er: «Das meinte die Polizei vor vier Jahren auch.» Er verzog das Gesicht zu einem bitteren Grinsen.

«Deshalb bist du hier auf diesem Schiff. Als Strafe?!»

«Ja.»

«Wegen eines Kreuzes nimmst du das alles auf dich?»

«Quatsch, nicht wegen des Tattoos. Wegen meines Glaubens.»

«Gehört zu eurem Glauben nicht auch Barmherzigkeit?»

«Ja.»

«Die habe ich deutlich gespürt, als du mich aus der Hängematte geworfen hast …»

Pierrick lachte, stöhnte kurz auf und griff an seine Rippen.

Yannick sah ihn provozierend an: «Ihr Christen fühlt euch als etwas Besseres. Immer noch. Stimmt's?»

Pierrick schüttelte den Kopf: «Nein. Wir sind nicht besser. Fühlen uns auch nicht als etwas Besseres. Aber wir gehören zu den Menschen, die immer noch Hoffnung haben.»

«Na ja, ich war auch mal Optimist, aber …»

«Hoffnung – nicht Optimismus. Nicht dass das, was ist, einfach etwas besser wird, sondern dass alles ganz anders wird: Das ist Hoffnung.»

«Hoffnung», sagte Yannick verächtlich. «Hier?»

«Ja. Hier.»

«Na, dann wünsche ich viel Glück.»

Pierrick sah ihn ernst an: «Und wir Christen erinnern uns auch noch daran, dass der Mensch menschlich sein soll.»

«Sieh an …», spottete Yannick. «Menschlichkeit! Und das in einer dehumanisierten Gesellschaft …»

«Ja, Hoffnung und Menschlichkeit. Ohne das wäre alles nichts. Dann wäre meine Seele leer.»

«Na und?»

«Stell dir vor, dass alle Menschen ihre Hoffnung verloren hätten, dass alle Seelen leer wären …»

«Für die Regierung ist das gut», sagte Yannick.

«Ja genau, für die Regierung ist das gut: Wenn die Menschen ohne Hoffnung und Menschlichkeit sind, dann sind sie gehorsamer. Leere Seelen sind leicht lenkbar. Wie eine Viehherde.»

«Und Hoffnung auf ein besseres Leben, auf Frieden … Menschlichkeit … Das macht renitent. Vorlaut!»

«Genau!» Pierrick grinste – und verzog sein Gesicht. Griff an seine Rippen.

Yannick stellte fest: «Ich hatte also recht: Du bist ein Christ.»

«Ja. Ich glaube an Christus. Ich heisse Pierrick nach Petrus.»

Yannick sah ihn schweigend an. Schliesslich platzte es aus ihm heraus: «Aber warum bist du Christ? Wie bist du Christ geworden? Von wem weisst du ...» Er stockte, als er sah, dass Pierrick langsam aufstand. Der ältere Mann zog – noch etwas wackelig – seine verschlissenen Kleider an und verliess, ohne zu antworten, die Kapitänskajüte. Er blickte nur noch einmal kurz über die Schulter zurück: «Übrigens: Auch der Kapitän ist Christ.»

Als Yannick wenig später an Deck kam, war die Stimmung gedrückt. Die Männer schauten immer wieder so unauffällig wie möglich zur Drohne, die in einigem Abstand vor ihnen herflog. Alle bemühten sich, möglichst arbeitsam und beschäftigt zu wirken, rollten Seile auf, putzten das Deck, einige flickten an den Netzen herum. Yannick setzte sich dazu: Wortlos reichte ihm einer ein Werkzeug. Kurz darauf entdeckte der Steuermann die *Briec*. Der Kapitän händigte den Männern ein paar Pistolen, Messer und ein Maschinengewehr aus.

Als sich Yannick der Gruppe näherte, hörte er den Kapitän ruhig sagen: «Männer. Wir haben den Auftrag, das Schiff zu entern und es – samt Besatzung – untergehen zu lassen. Das Material dürfen wir behalten.»

«Kapitän!», rief einer der Männer. «Der Grund ... Was bedeutet *Ungehorsam und moralische Schwäche?*»

Der Kapitän zuckte mit den Schultern. Pierrick antwortete an seiner Stelle: «Sie haben sich geweigert, ein anderes Fischerboot zu versenken und die Besatzung zu töten. Wer sich weigert anzugreifen, wird selbst angegriffen. *Das bedeutet Ungehorsam und moralische Schwäche.* Sie sind vor der gleichen Entscheidung gestanden wie wir ... Wollen wir zu Mördern werden?»

Die Männer waren still, dann sagte einer: «Wir müssen uns entscheiden. Die Leute auf der *Briec* werden nervös.»

«Entscheiden Sie, Kapitän!», rief einer. «Pierrick», befahl der Kapitän mit leiser Stimme, «gib der *Briec* Lichtsignale: Wir *spielen* Kampf. Als erstes schiessen wir die Drohne ab. Danach gehen nur wir beide zu ihnen an Bord. Unbewaffnet.»

Fünf Stunden später hatte die *Briec* eine veränderte Takelage, eine andere Bemalung und einen neuen Namen. Einiges an wertlosem Ramsch war zur Tarnung als «Beute» an Bord der *Loïc 8* gebracht worden. Beide Schiffe hatten sich wieder getrennt und fuhren in gegensätzliche Richtungen.

Die Nacht brach herein. Yannick konnte nicht schlafen. Er sass auf Deck auf einem zusammengerollten, zersplissenen Tau, das nach modrigem Tang stank, und dachte nach. Der Kapitän setzte sich zu ihm: «Kein Schlaf?»

«Nein. Ich muss darüber nachdenken, was heute passiert ist. Ihre Autorität. Die Mitbestimmung der Mannschaft. Der gemeinsame Geist. Und was Ihre Entscheidung, die anderen zu schonen, für uns bedeutet ... Damit werden wir nicht durchkommen. Wir werden sterben, nicht?»

Der Kapitän schwieg. Dann sagte er: «Ohne Hoffnung, ohne Vertrauen stirbt der Mensch auch. Nur schlechter.» Yannick sah ihn fragend an. Der Kapitän fuhr fort: «Morgen ist der erste Sonntag nach dem Frühlingsvollmond. Morgen ist Ostern. Auferstehung Christi.»

«Und daran glauben Sie wirklich?»

«Ja. Ostern ist für mich das Trotzdem in meinem Leben. In unserer Welt. Trotz allem: Das Leben gewinnt.»

«Wie!?»

Der Kapitän sah ihn an: «Du weisst ja: Überall haben die Menschen zu wenig zu essen. Sie sind dünn. Kraftlos.» Yannick nickte. «Und wie ferngesteuert. Kein Feuer. Leblos.»

Yannick sah ihn an und sagte langsam: «Leere Seelen.»

Der Kapitän lächelte traurig. Er fuhr fort: «Ja. Aber weil ihre *Herzen* wie verfettet sind. Unempfindsam. Leer. Aber wenn dieses «Trotzdem» sich durch die Fettschicht durchbohrt und wenn es das Herz erreicht hat, dann wird der Mensch wieder wirklich neu zu leben beginnen.»

Yannick fragte aufmerksam: «Und was haben wir damit zu tun?»

Der Kapitän stand auf. Er klopfte ihm auf die Schulter, spuckte ins Meer und ging.

7. April 2084

Military Central Command der Regierung an alle Regionalbefehlshaber. Dringend. Streng vertraulich.

Auszug: Der Aufstand gegen die Zentralregierung, der am 27.3.2084 vor der Küste der Bretagne begann, breitet sich weiter wie ein Flächenbrand aus. Wir haben dennoch den festen Glauben, dass er eingedämmt und niedergeschlagen werden kann. Befehl: Um jeden Preis durchhalten. Mit äusserster Brutalität vorgehen. *Alle* Regionalkommandeure sind dazu verpflichtet, *regelmässig* Lageberichte einzureichen …

DAZWISCHEN EIN TAG / *Esther Straub*

Ich tat mich schon immer schwer damit, in die grossen Ferien zu fahren, das Haus abzuschliessen und darauf zu vertrauen, alles Wichtige und Richtige eingepackt zu haben. Kaum war ich im Zug und auf der Fahrt, machte ich mir Gedanken, ob das Bügeleisen ausgesteckt oder die Fenster geschlossen seien. Und in den Ferien selbst plagten mich regelmässig Sorgen, was zu Hause alles vorfallen, ob gar jemand sterben könnte während meiner Abwesenheit. Wirklich entspannt fühlte ich mich meist erst in den letzten Ferientagen, wenn die Heimreise näher rückte.

Dieses Mal gab es einen handfesten Grund für mein Unwohlsein. Am Abend vor der Abreise hatte ich im Spital von einem Gemeindeglied Abschied genommen. Sein Todesurteil: Malignes Mesotheliom. Asbest, eingeatmet über Jahre hinweg bei ungeschützten Reparaturarbeiten an den Turbinen des Heizkraftwerks unseres städtischen Kehrichtbetriebs. Zu einer Zeit, als die Gefährlichkeit der hochgelobten Faser längst bekannt und bewiesen war. Nach der letzten Begegnung im Spital war ich durcheinander, und auf dem Heimweg weinte ich. Das vertraute Gegenüber, Sonntag für Sonntag in einer der rechten Bankreihen, würde fehlen, auch sein Händedruck am Ausgang, stets der Erste unter der Kirchentür.

Mit dem Auto ist es einfacher wegzufahren. Wird etwas vergessen, lässt sich notfalls nochmals umkehren. Überhaupt ist das Abreisen leichter geworden, seit es Handys und Kreditkarten gibt. Fotoapparat, Karten, Reiseführer: Alles ist im elektronischen Gerät mit dabei, und per SMS steht der Kontakt mit dem Zuhause. Wir wählten die Route ins Südtirol über die Engadiner Berge.

Eine Passfahrt kann Gedanken lösen. Das Hinauf und Hinunter in haarnadelkurviger Fahrt lässt das Grübeln versiegen wie eine Nähmaschine, die ein Loch im Stoff stopft. Nach und nach verschwindet es. Zur Freude der Kinder lag die Ferienwohnung ganz im Grünen.

Mich für längere Zeit in der Natur aufzuhalten, überfordert mich. Ich schaue mir Tiere und Pflanzen lieber im Museum an, im Zoo oder auf Bildschirmen. Zwar begeistern mich Ausflüge in die Berge oder an Seen, solange sie die Arbeit unterbrechen, doch zu viel davon und am Stück bringt Gedanken in Gang, die sich um Ewigkeit und Endlichkeit drehen. Sie sind weder beruhigend noch beängstigend, kommen an kein Ziel und fördern ebenso wenig Ungeahntes zutage. Ich meditiere auch nicht gerne.

Der Besuch im Schloss Tirol geschah eher beiläufig. Die imposante Kulisse und die Flugvorführung eines Falkners lockten die Kinder, während wir uns von den dreissig dokumentierten Bauphasen Abwechslung versprachen.

Erst glich der Gang durch die Burg anderen Besuchen entsprechender Anlagen. Im Rittersaal aber standen wir unvermittelt vor einem romanischen Portal, dem Eingang zur Schlosskapelle. Abenteuerliche Figuren hielten uns davon ab einzutreten: Ein Zentaur, im Begriff, seinen Bogen zu spannen. Fabelwesen mit Tapetenmuster auf dem Leib. Eine Hydra, ihr grösster Kopf an einem Menschenkopf nagend. Drache und Taube, David und Löwe im Kampf miteinander.

Und mittendrin Eva, wie sie der Schlange den Apfel aus dem Mund nimmt. Mit der freien Hand bedeckt sie ihre Nacktheit. Adam tut es ihr gleich und sucht mit seiner zweiten Hand am Bildrahmen Halt.

Im Tympanon eine Kreuzabnahme: Nikodemus und Josef von Arimatäa lösen Jesu Leichnam vom Kreuz. Mit einer riesigen Zange, wie ich sie bisher nur aus der Werkstatt meines Vaters kannte, reisst Nikodemus den Nagel aus dem Holz und aus Jesu Hand. Derweil stützt Josef den toten Körper. Umgekehrt scheint es fast, als lehnte der Jünger sich an die Brust von Christus.

Die Kinder waren es, die die beiden Cheruben entdeckten. Sie bilden den Türsturz und sind auf den ersten Blick kaum zu erkennen, obwohl ihre Flügel die Kreuzesszene markant umschliessen. Auf ihren Rücken tragen die Engel Nikodemus und Josef, in den Händen hält jeder ein Buch. Und mit je einem zusätzlichen Arm greifen sie ins Bild: Eine Hand stabilisiert das Kreuz, die andere hält Nikodemus am Fuss fest. Die Kraftanstrengung, die es braucht, um den Nagel herauszureissen, ist förmlich zu spüren.

Wir betraten gedankenverloren die Kapelle, schlenderten durch die weiteren Säle der Burg und den Wehrgang und erstiegen den Bergfried. Glücklich verliessen wir das Schloss.

Am Abend, zurück in der Ferienwohnung, erreichte mich die SMS meines Pfarrkollegen, dass unser Gemeindeglied gestorben sei.

Der Kreuzabnahme hatte ich in den Evangelien bisher keine Beachtung geschenkt. «Er nahm seinen Leib herab», heisst es dort lapidar. Über eine Zange wird nichts berichtet, auch Nägel sind keine erwähnt. Auf die Kreuzigung folgt die Auferstehung, Karsamstag ist nur der Tag dazwischen.

Ein paar Tage später fuhren wir weiter, nach Meran und dann an den Gardasee. Die Kinder übten sich darin, mit

Schwimmflügeln und aufblasbarem Krokodil im Wasser die Balance zu halten. Einmal überraschte uns eine riesige Welle. Sie wirbelte ein Kind auf dem Krokodil hoch in die Luft und liess die am Ufer abgelegte Brille meines Mannes in der Tiefe verschwinden.

Wer hat es den Lombardischen Steinmetzen erzählt? Sie wussten, dass Nikodemus, der Skeptiker, zum Glauben fand. Er nahm das Werkzeug zur Hand, zog am zweiten Tag den Nagel aus dem Holz und löste den Gekreuzigten vom Marterinstrument. Auf dem Tympanon scheint das Rupfen der Zange Christus bereits vom Tod zu auferwecken.

Die Heimfahrt verlief reibungslos.

Heute lassen sich die Kinder von Schlössern und Burgen nicht mehr begeistern. Hingegen machen sie sich in den Ferien zu unpassenden Momenten plötzlich Sorgen um ihre Katze, die zu Hause auf unsere Rückkehr wartet.

Die Schweizer Gerichtspraxis, Asbestopfern wegen Verjährung Wiedergutmachung und Schadenersatz zu verweigern, hat der Europäische Gerichtshof für Menschenrechte unterdessen als rechtswidrig beurteilt.

Als wir kürzlich die Schmitte meiner Urgrosseltern auflösten, nahm ich eine rostige Zange mit nach Hause. Ich deponierte sie bei den übrigen Gerätschaften. Es ist gut, sie in Griffnähe zu wissen. Nägel sind überall zu finden, auch Geschichten, wie sie ins Holz getrieben wurden.

ERNST-ULRICH BUFF / *Hans-Rudolf Merz*

Das ist die Geschichte vom Sein und Vergehen des Ernst-Ulrich Buff, geboren 1873 im Dorf Herisau. Buff war eine aussergewöhnliche, beherzte, ebenso bewunderte wie umstrittene Persönlichkeit. Er war Naturbursche, Revoluzzer, Verkünder, Gottesdiener, Heilberater, Theosoph. Nur eben: Er fiel vollkommen aus dem Rahmen von Familie und Dorf. Statt Textilunternehmer zu werden wie sein Vater, der ihn hierzu als Stagiaire gar nach New York befahl, verstieg er sich in seine gänzlich eigene Gefühls- und Gedankenwelt und in dieser immer mehr vom Eigensinn in die Verschrobenheit. Er sagte sich von allem Gängigen seines Umkreises los und war besessen von der Vorstellung einer gott- und naturbestimmten Lebensweise. In mancher Hinsicht lebte er seiner Zeit voraus. Er verfasste Traktate und Bücher in seinem eigenen Verlag «Utilitas», stets unter dem Motto «Lerne leben ohne Leiden». Seine Texte für naturnahes, frugales, frommes Leben wurden immer beschwörender und sie waren gespickt mit Zitaten und Verweisen des belesenen Autors.

Es nimmt sich fast kurios aus, dass er während einer Amtszeit als Gemeinderat wirkte und dabei beredte Forderungen für den Bau von luft- und lichtgefluteten Schulhäusern stellte. Seine aufwendigen Ansinnen wurden allesamt abgelehnt.

An einem sonnigen Hang oberhalb des Dorfs liess er 1907 für seine «Lebensschule Erdenglück» eine vierzig Meter hohe, schlossartige Villa aus Sichtbausteinen errichten, über dem Treppenturm mit einer Windturbine von acht Meter Raddurchmesser zur Erzeugung elektrischer Kraft für die Beleuchtung. Der Baukörper wurde als ein bisschen Palazzo, ein wenig Pagode, ein Hauch Tempel, ein Schuss Aussichtsplattform, kurzum als architektonische Provokation bewitzelt. Heute dient die Villa «Lebensschule Erdenglück» als pädagogische Heimstätte.

Keine Türe war abschliessbar, alle Klinken liessen sich nur durch Heben öffnen, denn «durch Druck kann man seine Nebengeschöpfe niemals veredeln». Auf der Dachterrasse und auf dem eingehegten Wiesengelände vor der Villa genoss ein Häufchen Esoteriker zu jeder Jahreszeit Licht-, Sonnen-, Wasser-, Sand- und Regenbäder. Die Kurgäste – einige gar adeliger Herkunft – trugen weisse Leinenschlutten. Die Heilsuchenden genossen das Anwesen wie eine Predigtstätte des wahrhaftiglich Natürlichen und Frommen. Die Villa trug demgemäss den Übernamen «Sorgenfrei».

Im Dorf verbreiteten sich mit der Zeit indessen Unverstehen und Zweifel über das Treiben oben am Nieschberg. Man munkelte von Sittenwidrigkeiten, von Sektierertum, von Nacktkultur und Leiden. Buff verteidigte unbeirrbar sein Reich. Einem Kritiker erwiderte er in der Zeitung, man bade die Haut, nicht die Kleider und wes Gedanken rein sei, der brauche sich für nichts zu schämen. «Meine Vergleiche», schrieb er, «mögen hinken, die Ihrigen können das nicht, weil ihnen die Beine fehlen.» Allmählich schlichen sich Fragezeichen über Buffs Kurbetrieb auch an die Wirtshaustische, in die Vereine und schliesslich gar in die behördlichen Amtsstuben hinein. Der Argwohn von Nachbarinnen, Nachbarn und Mitbewohnern wuchs, Gerüchte schwollen, und wo bisher Toleranz, ja Heiterkeit über den sommers wie winters barfüssigen, bärtigen Mann mit den kleinen, wässrigen Äuglein geübt wurde, kam es nun zu Vorsprachen im Gemeindehaus und auf dem Polizeiposten. Man könne nicht wissen, was dem fanatischen Prediger noch alles in den Sinn komme; wahr sei, dass es in der Villa «Sorgenfrei» nicht mehr mit rechten Dingen zugehe. Als Buff zu einer Bagatellstrafe verurteilt wurde, schrieb er dem Polizeichef, es sei Gottes Wille, dass er weder appellieren noch die Busse bezahlen dürfe, und somit bleibe nichts anderes übrig, als die Busse durch Haft zu begleichen.

Der Erste Weltkrieg und die Wirtschaftskrise trafen Buff und seinen Kurbetrieb hart. Ab dem Jahr 1924 überschlugen sich gar die Ereignisse. Buff gründete zwar noch die 4-L-Stiftung (Lerne länger leben ohne Leiden). Er vermochte indessen seine Kuranstalt nicht mehr über Wasser zu halten. Die Stiftung wurde 1926 liquidiert und Buff gar unter Vormundschaft gestellt. Hierauf entschloss er sich kurzerhand, mit seiner Frau, seinen vier Kindern und dem Ehemann der Tochter, einem arbeitslosen, sektiererisch wahngeplagten Textil-Entwerfer, nach Hansa Humboldt in Brasilien auszuwandern. Am Tag des Wegzuges liess er in der Lokalzeitung allen Freunden und Feinden ein «herzliches letztes Lebewohl entbieten», versehen mit einem Zitat aus dem Lukasevangelium: «Jesus aber sprach: Vater, vergib ihnen! Denn sie wissen nicht, was sie tun. Sie aber teilten seine Kleider unter sich und warfen das Los darüber.»

Die Liegenschaft wurde verkauft, das Mobiliar versteigert. Man war froh, Buff loszuwerden.

In portugiesischer Sprache, auf grobfaserigem Papier gedruckt, durch blasse, vergilbte Fotos illustriert, hat ein gewisser José Kormann die Geschichte der Siedlung Hansa Humboldt detailreich niedergeschrieben; selbst allerhand Anekdotisches fand Eingang in seine Annalen. Diesen ist auch die Ankunft der Familie Buff auf der Farm «Kleiner Paul» zu entnehmen, wenngleich unter dem Namen des Schwiegersohns, der übrigens in der Familie zusehends das Szepter übernahm.

Im nicht allzu heissen Klima des brasilianischen Südens leben seit der Zeit um 1900 die Ankömmlinge von ebenso mutigen wie verzweifelten deutsch-stämmigen Einwanderern hauptsächlich bäuerlicher Herkunft aus Ostpreussen. Das Städtchen heissst heute Corupà und seine Bewohner sprechen immer noch Deutsch. Hier gedeihen Reis, Bananen, Gemüse, Früchte, Zuckerrohr, Rosinen und man presst Erdnussöl. Die Buffs machten sich an den Reichtum dieser überquellenden Vegetation, Schritt für Schritt, und sie trachteten danach, Erdnussöl, Dörrobst und Konfitüre nach Europa zu vermarkten. Die Plantage blühte recht und schlecht, erlebten sie doch das Schicksal aller Einwanderer: der ersten Generation der Tod, der zweiten die Not, der dritten das Brot. Als sich der Vormund aus dem Appenzellerland in einem Brief einmal nach dem Geschäftserfolg erkundigte, antwortete Buff bärbeissig, Rendite predigen sei weltlich-satanisch und wirke ekelhaft und abstossend auf ihn. Dennoch war er natürlich um das Fortkommen besorgt, umso mehr als ihn die Gattin seiner Unbotmässigkeit wegen für einige Monate nach Argentinien verliess.

Sie bräuchten – fand sein Schwiegersohn – eine kräftige Dampfanlage, eine Maschine, die leistet und etwas bringt. Ernst-Ulrich Buff war einverstanden und er machte sich an den Einkauf des gusseisernen Mantels und der Rohre. Alsbald schickten sich die beiden an, den Dampfkessel zu schweissen und verrohren. Am Ostersamstag 1931 war es dann so weit. Freudig erregt bestieg Buff die fassförmige Metallkugel und schloss das Ventil, dem eben noch zischender Wasserdampf entwichen war. Da zerriss der Knall einer gewaltigen Explosion die Idylle und widerhallte mit grausamem Donner in den bewaldeten Hügeln rund um die Farm «Kleiner Paul». Metallspitter und Schrauben preschten umher, die Luft erfüllte sich mit heissem Dampf, es brodelte und sirrte, dazwischen zwei, drei gellende Schreie. Dann trat Stille ein. Die Katastrophe kam zum Vorschein. Ernst-Ulrich Buff lag reglos, mit eingedrücktem Brustkasten unter dem geborstenen Dampfkessel, der Schwiegersohn ertastete die an Gesicht und Händen erlittenen Brandwunden und Buffs Enkel wimmerte mit Wunden und Schürfungen am Hauseingang.

Auf halbem Weg zum Städtchen Hansa Humboldt befindet sich der prunklose Friedhof mit schlichten Gedenksteinen. Hier wurde Ernst-Ulrich Buff am Ostersonntag im Beisein eines trauernden Menschenhäufchens beigesetzt. Ein aus Berlin stammender Seelsorger sprach die Gebete und hielt eine Andacht, im Wissen, dass Buff seinem fünf Jahre zuvor verstorbenen Sohn Eugen Buff allen Ernstes zu Ostern die leibliche Auferstehung prophezeit hatte.

Die Ehefrau des Verblichenen kehrte zusammen mit Schwiegersohn und Tochter und deren Kindern 1940 mitten im Krieg per Schiff durch die Strasse von Gibraltar und das Mittelmeer unversehrt ins Dorf Herisau zurück. Dort bewohnten sie während vielen Jahren in Abgeschiedenheit ein Holzhäuschen beim Friedhof.

MARIECHENS
HIMMELFAHRT / Susanne-Marie Wrage

Ein Gleichnis

Vergangene Nacht sass ich an meinem Küchentisch, den Kopf in einer Zeitung vergraben, fiebrig auf der Suche nach einem Sujet für eine kleine Erzählung. Hin und wieder tauchte ich aus den unergiebigen Nachrichtenfluten auf, trank in tiefen Schlucken Wasser aus einem grossen Glas und pflanzte meinen Blick auf die hell erleuchteten Fenster der Kaserne am gegenüberliegenden Rheinufer: Wie jede Nacht bewegte sich nichts hinter den Scheiben, keine Gardinen wurden auf oder zu gezogen, keine Möbel gerückt, keine Tränen getrocknet, keine Küsse getauscht – nichts kündete vom Dasein der Menschen. Einzig das im breiten Strom flackernde Spiegelbild der erleuchteten Fenster verhiess trügerisch Bewegung. Auch an meinem Küchentisch herrschte Schweigen, kein Laut drang aus den Geschehnissen des Zeitungstages zu mir. Tiefe Nacht. Alles schlief.

Es klopfte an die Scheibe.

(Meine Küchenfenster führen auf einen gedeckten Balkon, der in kalten Monaten oberhalb der Balustrade verglast ist und so zu einem Wintergarten und zusätzlichen Zimmer wird. In der Brüstung befinden sich zwei verschieden grosse Bullaugen, vor Jahrzehnten eingepasst, damit zwei ungleiche Katzen ebenso wie die Menschen den Blick vom dritten Stock auf das vorbeifliessende Wasser geniessen können.)

Ich schloss die Zeitung, leerte das Glas, löschte das Licht und warf einen letzten Blick auf die Kaserne, auf die Trutzburg, auf das schweigsame, dunkelrote Gemäuer.

Es prasselte gegen die Scheibe.

Ich öffnete die Tür zu meinem Schlafzimmer. Mit geschlossenen Augen trat ich über die Schwelle und tastete mit meinen nackten Füssen vorsichtig die rohen Holzplanken ab, und verhängte schliesslich an der gegenüberliegenden Wand den grossen Spiegel mit einem Leintuch, öffnete die Augen, beugte mich zum Bett, schlug die Decke zurück, schüttelte das Kissen auf, zog mein Höschen aus und streifte mein Kleid über den Kopf, liess es auf den Boden fallen, zog mein Nachthemd an und legte mich zwischen die kühlen Laken. Ich knipste die Nachttischlampe aus.

Es prasselte gegen die Scheibe. Ein wenig nachdrücklicher als die vorangegangenen Male.

Unwirsch schob ich die Bettdecke zur Seite, stieg aus dem Bett und lief barfuss und mit geschürztem Hemd auf den Balkon, der von den Kasernenfenstern sanft beleuchtet war, liess mich katzengleich auf alle viere herab und presste meine Stirn gegen das linke Bullauge. In der Ferne suchte mein Blick den Ausgangspunkt des Kieselhagels – und traf stattdessen auf ein Paar helle Augen. Sie ruhten unter dichten Wimpern in dem klaren Gesicht eines Mannes, dessen Nasenspitze sanft gegen die Scheibe gedrückt war. Sein Mund war leicht geöffnet, sein Atem ging sichtbar schnell: Die Scheibe beschlug sich rhythmisch.

Ich stand auf, öffnete das Fenster oberhalb des Bullauges, hielt den Kopf hinaus, streifte mit meinem Blick gegenüber kurz die zinnenbewehrte Kaserne und senkte ihn auf den blanken Schädel des Mannes. Sein Körper war nackt; ein hagerer Rücken, dessen Muskulatur zum Zerreissen gespannt war, wölbte sich mir entgegen. Sein ganzes Gewicht ruhte auf seinen Unterarmen, die er auf die abschüssige Regenrinne stützte, eigentlich ein Balanceakt der Unmöglichkeit. Von der Gürtellinie an baumelte er frei in der Luft.

Sein Blick musste nun geradewegs auf meine Knie geheftet sein, dessen linkes eine halbmondförmige, noch blaue Narbe zeichnete. Sicher würde er mindestens die Hälfte meiner schlampig enthaarten Schienbeine sehen und das kleine Muttermal links von der Kniescheibe des rechten Beins. Würde er die Augen ein wenig verdrehen, könnte er der Innenseite meiner Oberschenkel entlang mit seinem Blick zu meiner blossen Scham wandern. Ich stützte mich mit den Händen auf dem Fenstersims ab, winkelte die Beine an, zog die Fersen hoch bis ans Gesäss, verlagerte mein Gewicht und lehnte meinen Oberkörper gefährlich weit nach draussen. Meine Finger krallten sich in das Sims, ich knickte in der Taille ein, mein Oberkörper baumelte frei in der Luft und mein gelöstes Haar streifte das Gesäss des Mannes, während mein Kopf sich neben seinem einpendelte und wir nun Ohr an Ohr, wie Yin und Yang, beide unvermittelt durch die Scheibe des Bullauges in einen an der gegenüberliegenden Wand hängenden Spiegel spähten.

Ich stiess einen spitzen Schrei aus. Auf dem Kopf stehend – oder hängend – sah ich meinen blanken Hintern auf der Balustrade prangen.

Der Mann blickte unverwandt geradeaus. Sorgfältig bewegte er tonlos seine Lippen. Offensichtlich formte er wiederholt ein Wort, wobei er die Lippen erst zu einem Kuss schürzte und dann zu einem breiten Grinsen verzog. Hin und her. *Lö-ten-lö-ten-lö-ten*. Ich grinste seinem Spiegelbild durch die Scheibe aufmunternd zu, gab ihm aber schulterzuckend zu verstehen, dass ich das Lippenlesen nicht beherrschte. *Tö-ten-tö-ten-tö-ten.* Mir wurde angst und bange. *Flö-ten-flö-ten-flö-ten.* Das schien beruhigender. *Rö-sten-rö-sten-rö-sten.* All das ergab keinen Sinn. Noch immer glotzte mich mein Hintern nackig an und meine Füsse, die ihn gnädig hätten bedecken können, waren längst gezwungen, ihre Fersen mit aller Kraft seitlich von ihm links und rechts gegen den Fensterrahmen zu stemmen, damit ich nicht kopfüber zwanzig Meter weiter unten in den Rhein fiel. *Hös-chen-Mös-chen-Hös-chen.* Ich wurde über und über rot. Nicht einmal ich selbst hatte je die Möglichkeit gehabt, so tief in meinen Leib zu schauen. Ich hechelte gegen die Scheibe, damit sie sich rasch grossflächig beschlug.

Durch das plötzliche Erblinden wurde mir klar, dass eine Taubstummensprache in unserem Fall gar nicht vonnöten war, zumal ein mit Hand-und-Fuss-Reden ganz offensichtlich nicht infrage kam. Ich bedurfte eigentlich nur ein paar stimmhafter Laute, um zu verstehen, was seine Lippen formten. Also wandte ich meinen Kopf nach rechts und hauchte in sein Ohr: «Das bin nicht ich.» Ich spürte, wie sein ganzer Körper vor Anstrengung bebte; irgendwann müssten seine Muskeln versagen und er unweigerlich in die Tiefe sausen, verschlungen von den Fluten. Er wandte mir sein Gesicht zu, die Lippen erst zu einem Kuss, dann zu einem Grinsen formend und sagte leise: «Öff-nen.»

Am anderen Ende meines Körpers fingen meine Füsse an, am Fensterrahmen stotternd abzurutschen. Gleichzeitig holperte mein Mund an seiner Nase, seinem Mund, seinem Hals, dem rechten Schulterblatt, der rechten Lende, dem Steissbein, dem Hintern, zwischen seinen Oberschenkeln entlang und verharrte schliesslich zwischen den Knien, weil meine Hände endlich Halt an seinen Fussgelenken gefunden hatten. Meine Lippen tasteten seine salzig schmeckenden Kniekehlen ab und stotterten: «Ich kann nicht.»

Mein ganzer Körper klebte der Länge nach auf ihm, meine Füsse hakten sich krampfhaft an seinen Schultern ein, meine Knie bohrten sich in seine Flanken, mein Schambein war auf sein Steissbein und meine Brüste gegen seine Oberschenkel gepresst. Er zitterte heftig, stiess plötzlich einen mörderischen Schrei aus und brüllte in den anbrechenden Morgen: «Ich habe ihn!» Mit letzter Kraft holte er aus den Hüften Schwung, stemmte seine Füsse und meine Hände gegen den Fensterrahmen im Wintergarten der unteren Wohnung, drückte unser beider Gewichte von der Regenrinne ab, riss die Arme nach oben, flog in die Luft, rollte unsere Körper ein, machte einen formvollendeten doppelten Salto und rief glücklich lachend: «Ich hab den Nibelungenhort gefunden!» – und stiess mit einem eleganten Köpfer, mit mir als Beute, pfeilgerade in die von der aufgehenden Sonne glitzernden Fluten.

NEULAND / *Christoph Sigrist*

Peter schaut auf seine Rolex. «Was? Erst zehn Minuten!» Ihm kommt es vor, wie wenn er schon eine Ewigkeit dasässe. Neben ihm liegt sein Vater. Er schläft. Der Atem geht ruhig. Peter versucht, seinen Atem dem des Vaters anzugleichen. Es gelingt ihm nicht. Er fällt aus dem Takt. Seine Augen folgen dem Sekundenzeiger. Der Blick fährt über die Zahlen des Zifferblatts, die beleuchtet sind. Zwei, drei, vier. Peter hat gelernt, dem Zeiger zu folgen. Er ist die siebte Nacht hier. Er hält Wache, Nachtwache für seinen Vater. Alle Welt sagt seit Wochen, dass er stirbt. Die Ärztin meint, es handle sich noch um wenige Tage. Die Pflegefachfrau meinte vor wenigen Stunden: «Herr Meier, in dieser Nacht könnte es geschehen.» Peter ist an diesem Abend wie immer in den letzten Tagen direkt vom Geschäft ins Heim gefahren. Er hat mit der Leitung ausgehandelt, dass er trotz Corona seinen Vater beim Sterben begleiten darf. Das Zimmer ist klein, die Matratze hat fast keinen Platz. Peter staunt über sich, wie er das managen kann. Sein Vater oben im Bett, er unten auf der Matratze. Seltsam, diese Welt. Neuland, totales Neuland.

Peter managt am Tag Kunden, Personal, Strategien und Budget. Sein Tag beginnt um 6.00 Uhr. Alles ist durchgetaktet. Seine «gute Fee», wie er die Assistentin liebevoll nennt, hat alles im Griff: Termine, Inhalte, Geschenke, Orte. Ja, auch ihn hat sie im Griff. «Wo ein Wille ist, da ist ein Weg!» So hat er es von seinem Vater gelernt. So lebt er es seit dreissig Jahren, in der Firma, in der Familie.

Er liegt auf der Matratze. Die Rolex vor seinem Gesicht. Jedes Mal, wenn er beim Einnachten ins Zimmer kommt, schüttelt es ihn. Irgendetwas greift nach ihm. Er weiss nicht, was es ist. Wenn er die Tür hinter sich schliesst, wenn er den ersten Schritt ins Zimmer gemacht hat, weiss er nicht, wohin mit dem zweiten Fuss. Er sucht nach Halt. Der Boden bricht ihm weg. Mit letzter Kraft rettet er sich zum Bett. Er hält sich am Metallgestell fest. Jedes Mal, nun schon zum siebten Mal. Ein Kampf zum Bett.

Und dann: Der Blick zum Gesicht seines Vaters. Es schläft. Wie immer. «Vater, ich bin da. Peter.» Bewegen sich die Augäpfel? Zuckt sein Mundwinkel? Peter glaubt es. Die Diagnose hat er gehört: Demenz, im fortgeschrittenen Stadium. Seit eineinhalb Jahren hat sich der Zustand seines Vaters sehr verschlechtert. Er streicht ihm über das schüttere Haar. Die Diagnose hört er von allen Seiten. Verstanden hat er nicht, was es heisst, dass sein Vater in eine andere Welt wegdriftet. Peter hält sich am Bett. Er schaut ins Bett. Er sieht seinen Vater. Und er versteht nicht. Er versteht nichts. Neuland, komplettes Neuland.

Sein Blick sucht in solchen Augenblicken das Weite über Zürich. Seine Gedanken schweifen ab. Peter erinnert sich. Bilder tauchen auf.

Er spürt die Hand seines Vaters in seinen Haaren. Er ist noch ein Kind, gestürzt mit dem Trottinett. Damals noch ohne elektrischen Motor. Oh, er liebte das Trottinett. Er fuhr über und durch alles. Er durfte einmal allein durch die ganze Stadt Zürich bis zu seinen Grosseltern fahren. Er stürzte. Sein Kopf schmerzte. Sein Vater kam zufällig daher.

Komisch, er sah ihn nie vor acht Uhr abends, jetzt war er noch vor dem Nachtessen da. Seine grosse Hand drückte gegen die Beule. «Aufpassen! Komm, ich helfe dir.»

Viele solche Bilder begleiten Peter im Zimmer bei seinem sterbenden Vater, der nicht sterben will oder nicht sterben kann. Seit der dritten Nacht beginnt er, die nächtlichen Stunden mit seinem Vater zu lieben, Stunden, vor denen er Angst hatte. Mehr noch, er hasste schon immer die Augenblicke, in denen er nichts im Griff hat, nicht weiss, was auf ihn zukommt, er keine Macht besitzt, zu planen und zu organisieren. Das Zimmer im Heim war bis vor ein paar Tagen für ihn der blanke Horror. Eine Welt zum Vergessen voller Vergessen.

Sein Vater hustet oft. Peter lacht. Er lacht über sich. Er kennt sich selbst nicht mehr. Schon am Mittag sehnt er sich nach diesem Augenblick. Der Husten macht das Gesicht lebendig. Die Augen bleiben zwar zu, doch der Mund bewegt sich. Formt er Worte? Töne? Ach, das alles ist Peter egal. Hauptsache, er hustet. Für ihn die Ouvertüre zum Gespräch. Er nimmt das Tuch vom Nachttisch. Die Pflegefachfrau hat ihm alles gezeigt. Er wischt den Speichel weg, hebt den Kopf etwas. «Ich mache jetzt alles weg, Vater. Dann ist der Mund wieder sauber. Du, ich muss dir von heute wieder etwas erzählen …»

Und genau diesen Augenblick hat Peter lieben gelernt. Er ist nahe beim Gesicht. Er schaut zu den Augen, die sich hinter den Lidern hin- und herbewegen. Er erzählt ihm alles. Sein Vater hört zu. Endlich hört er ihm zu. Stundenlang, nächtelang. Versteht ihn sein Vater jetzt? Peter glaubt es.

Peter schaut von seiner Uhr auf. Es ist zehn nach drei. Sein Vater bewegt sich. Peter steht von der Matratze am Boden auf. Er beugt sich über das Bett. Der alte Mann sucht mit seiner Hand nach etwas. Peter nimmt die Hand: «Vater, ich bin ja da. Was hast du? Was suchst du? Ist dir kalt? Komm, ich decke dich wieder etwas zu.»

Da, die Hand lässt ihn nicht los. Peter stockt. Sein Blick wandert zum Gesicht. Er erschrickt. Die Augen, sonst immer geschlossen, sind plötzlich offen. Sie suchen. Er beugt sich über das zerfurchte Gesicht. Die Blicke treffen sich. Sein Vater schaut ihn an. Der Augenblick zieht Peter in seinen Bann. Sein Körper schaudert. Die Nackenhaare wie auch die Haare am Arm richten sich auf. Es kommt ihm ewig vor, der Blick des Vaters. Sein Herz pocht. Seine Hand zittert. Es ist, wie wenn die Augen seines Vaters zu erzählen begännen. Er lauscht, er sucht, er sieht. In ihm beginnt etwas zu schwingen. Er ist aufgewühlt. Es denkt in ihm: «Du, Vater, du bist ja gesund. Keine Demenz mehr, kein Alzheimer. Du bist geheilt!»

Unheimlich ist es ihm. Zugleich ist er fasziniert: Der Vater mit offenen Augen, sein Gefühl, dass sein Vater gesund ist, geheilt. Und das Wissen, dass er stirbt. Neuland, totales Neuland.

Die Augen schliessen sich. Der Körper wird ruhig. Peter streicht die Haare aus der Stirn. Er küsst sie. Er erschrickt: «Ich habe noch nie meinen Vater geküsst.» Verwirrt bleibt er neben dem Bett stehen. Wie eine Ewigkeit kommt es ihm vor. Er schaut auf seine Uhr: viertel nach drei. Er legt sich auf die Matratze. Er lauscht auf den Atem seines Vaters. Er versucht, im Gleichtakt zu atmen. Es gelingt ihm. Und immer zwischen dem Ein- und Ausatmen in der kleinen Pause der gleiche Gedanke: «Er ist geheilt, er ist gesund.» Peter schüttelt den Kopf. Er bleibt wach.

Am nächsten Morgen meldet er sich im Geschäft ab. Er geht nach Hause. Alle sind überrascht. Er legt sich hin. Er döst. Seine Frau kommt ins Schlafzimmer: «Peter, jetzt haben sie gerade angerufen. Er ist gestorben. Er ist friedlich heute Morgen eingeschlafen.»

Peter steht am Grab. Nur die engsten Familienangehörigen sind da. So wollte es sein Vater. Die Pfarrerin redet. Sie betet. Sie ist still. Peter ist bei ihm. Im Zimmer, in der siebten Nacht. Er hört die Pfarrerin sagen, dass sein Vater nun in einem anderen Raum ist. Himmel nenne es der christliche Glaube. Aufstand des Lebens gegenüber dem Tod. Auferstehung. Ostern. Neuland, wo kein Tod und keine Tränen mehr sind.

Peter glaubt nicht an einen Gott, auch nicht an ein Leben nach dem Tod. Tot ist tot. So hat es ihn sein Vater gelehrt. Das glaubt er. Das Wort «Neuland» erreicht seine Seele. Er sieht ihn mit seinen grossen offenen Augen. Er sieht seinen Vater, bei dem alle sagen, dass er jetzt dann stirbt. «Er ist geheilt, er ist gesund.»

Die Pfarrerin redet. Und Peter denkt: Neuland? Total bekanntes Neuland! Komplett bekannt! Peter lächelt.

DER ABSTIEG / *Felix Reich*

(eine Liebesgeschichte)

Kurz gerät David aus dem Tritt. Mit dem rechten Fuss ist er auf einen losen Stein getreten, mit den Armen rudernd hält er das Gleichgewicht. Der Stein kullert den Abhang hinunter, schlägt drei Mal dumpf auf die Wiese, bevor er über einen Felsvorsprung rollt und mit einem hellen Klacken zerspringt. David versucht, seine Gedanken wieder einzufangen, sich nur auf den nächsten Schritt zu konzentrieren, den sanften Schmerz in den Knien zu ignorieren.

«Dann geh doch allein», hatte er gesagt, als sie in der Standseilbahn, eingepfercht zwischen Sonntagsausflüglern, gestanden hatten. Dieser dumme, trotzige, hilflose Satz. Seine infatile Sucht, den Streit bis an den Abgrund zu treiben, hatte er doch eigentlich in den Griff bekommen. Er wusste, dass er ihre Beziehung nicht auf die Probe zu stellen brauchte, ihr einfach trauen konnte.

Die Bahn verliess er nur, um weiter unten in ein anderes Abteil einzusteigen, eine Talfahrt lang allein unter Menschen zu sein und sich eine Entschuldigung auszudenken. Und dann neu anfangen, umarmen. Doch kaum stand er auf der Betontreppe, zischten die Türen und schlossen sich. Die letzte Bahn setzte sich in Bewegung. Ihm blieb nur der Abstieg zu Fuss.

David lauscht auf seinen Atem. Die Sonne ist längst hinter dem Ortstock verschwunden. Er beginnt zu frösteln im schweissdurchnässten T-Shirt. Seine Wut kühlt ab. Die Wut auf sich selbst.

Am frühen Morgen war er mit Lorena aufgebrochen, er wollte ihr seine Kindheitslandschaft zeigen. In Braunwald hatte er immer seine Ferien verbracht. Drei Wochen im Sommer, zwei im Winter. Manchmal noch ein paar Tage im Herbst, im Dauerregen, die Berglandschaft vom zähen Nebel verschluckt oder im spätsommerlich anmutenden Sonnenlicht unter einem leuchtend blauen Himmel. Sie stiegen zum Lauchboden hoch, dieser verwunschenen, von Wasseradern durchzogenen Oase im Schatten der Berge. «Mein Lieblingsort», sagte er und küsste sie auf die Stirn.

Mitten im Bärentritt, diesem steilen Aufstieg, die Septembersonne bereits auf den Rücken brennend, hatte Lorena zuvor unverhofft gefragt, ob er sich eigentlich vorstellen könnte, mit ihr zusammenzuziehen. Bisher hatten sie sich immer eingeredet, die Distanz zwischen seiner Dachwohnung in Wiedikon und ihrer Wohngemeinschaft am Schaffhauserplatz sei das Erfolgsrezept ihrer andauernden Verliebtheit. Das Kribbeln, wenn er sein Fahrrad abschloss vor ihrer Wohnung. Ihr leichtes Wippen, wenn sie vor der gläsernen Eingangstür auf ihn wartete, weil es in seinem Altbau keinen Türöffner gab.

«Gemeinsam wandern und zusammenziehen: Muss ich dir jetzt einen Antrag machen?», gab er zurück und wusste, dass sie wusste, wie sehr er sich über ihre Frage freute. Zugleich erschrak er ein wenig über seinen Scherz, weil er in Wahrheit mehr war als ein Witz.

Sie gingen stumm weiter. Das stille Einverständnis war ein beschwingendes Glück. Es tat gut, sich wieder auf den Aufstieg zu konzentrieren. Später nahmen sie den Gesprächsfaden wieder auf. «Es eilt ja nicht», sagte sie. Eine Wohnung finde in Zürich nur, wer nicht richtig suche. «Und Hauptsache wir haben uns gefunden.» David gefiel der Gedanke, mit Lorena den Alltag zu teilen. Am Anfang würden sie noch darauf achten, wessen Bücher wo stehen. Später würden die Bibliotheken verschmelzen, weil immer neue Bücher hinzukommen und das Trennen zu anstrengend würde. Sofort zusammenfügen wollen sie ihre Plattensammlungen. Darüber sprachen sie schon ganz früh einmal an einem ewigen Sonntagmorgen.

Auf dem Weg vom Lauchboden zum Gumen über die kantigen Karstfelder traute sich David sogar seine Frage zu wiederholen, ohne sie als Witz zu tarnen: ob sie sich vorstellen könnte, ihn zu heiraten. Sie ging vor ihm. So musste er ihr nicht ins Gesicht blicken. Die besten Gespräche führt er immer auf Spaziergängen. Oder als Beifahrer im Auto. Geradeaus in die Landschaft, auf die Strasse blicken, hilft. Pausen sind nicht peinlich. Er muss keinem Blick standhalten oder ausweichen.

Mit jedem Schritt verflüchtigt sich die Wut. Ein Gefühl der Scham schleicht sich körperlich spürbar in die trockene Kehle. Die Feldflasche ist längst leer getrunken. David versucht, den Moment zu identifizieren, in dem das Gespräch kippte. Als sie begannen, einander ins Wort zu fallen und sich gegenseitig die Sätze zu vervollständigen, verstummten, allzu geräuschvoll ausatmeten.

Lorena erzählte von einem Kirchenfenster, auf das sie bei ihren Recherchen gestossen war. Sie half einer Gruppe pensionierter Kunsthistoriker ein Werkverzeichnis eines bekannten Schweizer Glaskünstlers zu erarbeiten. Das Auferstehungsfenster in der Kirche von Gebenstorf im Aargau zeigt Jesus, wie er sich triumphal einen Weg durch kauernde Soldaten bahnt, einen knienden Engel mit einem Palmwedel in der Hand zu seiner Rechten. Jesus trägt eine Schweizer Fahne. Ein bisschen erinnere sie Jesus mit seinem muskulösen Oberkörper, der unter dem weissen Gewand sichtbar ist, an Wilhelm Tell, sagte Lorena. Nur reckt der Auferstandene statt der Armbrust eine Schweizer Fahne in die Höhe. Die Kirche wurde 1891 eingeweiht. Die Schweiz steckte noch mitten im Kulturkampf. Der staatlich verordnete eidgenössische Bettag sollte die konfessionellen Gräben überbrücken. Christus werde in seiner Tell-Pose nicht nationalistisch vereinnahmt, sondern trete als Friedensstifter zwischen den Konfessionen auf. «Zur biblischen Überlieferung vom Auferstandenen steht der unversehrte, muskulöse Siegertyp natürlich ziemlich quer», schloss Lorena ihren kleinen Vortrag. Aber das wisse er besser als sie.

David wünscht sich jetzt, er hätte es dabei bewenden lassen. Der Weg führt durch den Wald und ist nochmals steiler geworden. David muss aufpassen, auf dem schon feucht gewordenen Gras nicht auszurutschen. Seine Frage hallt ihm im Kopf: «Glaubst du überhaupt an die Auferstehung?»

Es war nicht die falsche Frage, es war der falsche Ton. Es klang wie eine Fangfrage, als ob es eine Zulassung brauche, um über Glaubensfragen zu sprechen. Das spürte David sofort. Und Lorena auch. Beide kannten ihre Geschichten ja bereits. Das biblische Wissen hat sie sich im Studium angelesen, er hat es von den Eltern erzählt bekommen. Bevor Lorena zum ersten Mal gemeinsam in seiner Familie Weihnachten gefeiert hatte, war er noch nervös gewesen. Er wusste nicht, wie sie reagiert, wenn sie gemeinsam Kirchenlieder singen, der Vater die Weihnachtsgeschichte vorliest, alle gemeinsam das Unservater beten. Sie war einfach dabei, ganz ohne spöttische Distanz. Gemeinsam mit Davids Mutter echauffierte sie sich später über den biblischen Analphabetismus der Studentinnen und Studenten, die ihr

Proseminar in Kunstgeschichte besuchen, und landete bei einem Kirchenfenster, das Jakobs Engelskampf zeigt. Eine Lieblingsgeschichte von David, weil ihm sein eigener Glaube oft vorkommt wie ein zähes Ringen um Zuversicht. Und oft genug hinkt seine Argumentation, wenn er über seinen Glauben spricht. An Weihnachten sass David still bei der Diskussion dabei, erfüllt von einem Gefühl der Zusammengehörigkeit und der Freude, dass es gut gekommen ist.

Nach seiner Frage schwieg Lorena lange. Sie gingen weiter, das Schweigen stand zwischen ihnen. Er murmelte eine Entschuldigung, die sie ignorierte. Stattdessen antwortete sie, dass sie eigentlich gerne daran glauben würde.

«Aber dir fehlt halt meine angeborene Naivität.» David überlegt, woher die schroffe Aggressivität kam, die in seiner Stimme lag. Ja, er fühlte sich angegriffen. Er mochte dieses Ich-würde-gerne-aber-kann-nicht-Glauben nicht mehr hören. Denn es klang nicht wie der Hilferuf des Vaters, der Jesus darum bittet, seinem Unglauben zu helfen. Es klang aufgeklärt, so furchtbar nett und abgeklärt, gönnerhaft und langweilig.

Lorena liess David auflaufen mit seinem Ärger, sie ging buchstäblich darüber hinweg. Sie hielt das Tempo, steigerte es sogar über die kantigen Steine der Karrenfelder noch. Inspiriert durch die Arbeit am Werkverzeichnis habe sie wieder begonnen, in den Evangelien zu lesen, brach sie dann ihr Schweigen. «Erstmals seit langer Zeit hatte ich nicht mehr das Gefühl, einfach nur gute Literatur zu lesen, die Gleichnisse, die Bergpredigt haben mich berührt, etwas mit mir gemacht.»

Vielleicht war es die Angst, die ihn von Lorena wegtrieb, denkt David jetzt, während er über einen Baumstamm klettert, der quer über dem schmalen Weg liegt. Die nackte Angst, dass sich sein Glaube verflüchtigt. Bis heute geht

David gerne in den Sonntagsgottesdienst, der ihm seit der Kindheit vertraut ist. Ein Lied, der Blick in das von der Morgensonne erleuchtete Kirchenfenster, ein Bibelwort, ein vertrautes Kirchenlied, das Unservater, der Segen, eine Predigt, die ihn anspricht, die Weite des Raums. Manchmal reicht schon der Aufbruch am Sonntag. In solchen Momenten fällt ihm der Gedanke leicht, dass Gott da ist. Ein schwer beschreibbares Gefühl. Ohne Kirche, ohne Gottesdienst, ohne Menschen, die für ihn glauben, für ihn beten, wenn ihm die Worte fehlen, verkümmert sein Glaube.

Statt Lorena von dieser Einsicht zu erzählen, versuchte er sie zu überzeugen. Ostern sei mehr als eine gute Geschichte, sie sei das Zentrum des Christentums, sagte er. «Für gute Literatur gibt es Bücher genug, da braucht es keine Religion und keine Kirche.» Er hielt ihr einen Vortrag über die Erzählung der Jünger, die nach Emmaus unterwegs sind, vor lauter Trauer blind für das Wunder der Auferstehung. Wie sie Jesus zu sich einladen und ihn erst erkennen, als der Gast zum Gastgeber wird und das Brot bricht. Wer glaube, müsse halt etwas riskieren und über den Schatten der eigenen Vernunft springen. Er hörte sich reden und dachte die Gegenargumente gleich für sich mit. Hatte er jetzt nicht zugegeben, dass es unvernünftig sei, zu glauben? Dabei hielt er vieles, was in der Kirche gepredigt wurde, doch für einiges vernünftiger als was in politischen Arenen zu hören war. David fühlte eine Distanz zu sich selbst. Seine Worte klangen wie auswendig gelernt. Je bestimmter er behauptete, dass es sich bei den Evangelien nicht um blosse Erzählungen, sondern um Zeugnisse handle, desto stärker spürte er seine Unfähigkeit, dem eigenen Glauben zu vertrauen. Er spielte sich als Apologet des Christentums auf und war doch eigentlich darauf angewiesen, dass ihm der Glaube immer wieder neu geschenkt wurde.

Eine Lücke im dichten Wald macht erstmals den Blick frei zum Talboden, der nicht mehr weit entfernt ist. In der Linth lassen sich bereits die kleinen, vom blaugrauen Wasser umspülten Steinbrocken erkennen.

Für sie sei die Nachfolge wichtiger als der Auferstehungsglaube, sagte Lorena. «Entscheidend ist doch, dass wir uns an Jesus ein Beispiel nehmen, egal ob er nun auferstanden ist oder seine Auferstehung eine Metapher dafür ist, dass sein Wirken über seinen Tod hinaus reicht.» Sie klang versöhnlich. Sie unternahm keinen Versuch, David den Glauben auszureden. Aber insgeheim hatte er gehofft, dass sie ihm den Glauben einredet.

David wählt die Traverse nach Luchsingen, statt steil nach Linthal abzusteigen, und staunt noch immer über dieses Wort: Nachfolge. Es ist lange her, dass er es gehört hat. Für sich hätte David nicht in Anspruch genommen, Jesus nachzufolgen. Zu unsicher waren seine Schritte, zu stark seine Zweifel. Wie leicht das Wort Lorena über die Lippen ging, war eine Provokation. Ausgerechnet ihr, die behauptete, nicht glauben zu können.

Nachfolge sei aber mehr als ein bisschen Pazifismus und Sozialdemokratie, gab er giftig zurück. Nachfolge habe eine geistige Dimension und sei auch auf das Jenseits ausgerichtet. Das waren seine Worte und doch nicht seine Worte. Sie klangen aufgesetzt, lächerlich abstrakt. Er achtete nicht darauf und redete sich in Rage. Vorbilder, an denen sich Menschen ein Beispiel nehmen könnten, gebe es in anderen Religionen auch. Und ausserhalb der Religion sowieso. Lorena widersprach nicht, nannte nur das leere Grab «ein wunderbares Bild» dafür, dass sich der Glaube nicht darstellen, nicht in Worte fassen lasse. Sie sagte noch, die Geschichte vom ungläubigen Thomas im Johannesevangelium gefalle ihr besonders gut, weil da klar werde, dass Jesus nicht als

Superheld und auch nicht als Wilhelm Tell auferstanden sei, sondern als Verwundeter, von der Folter Gezeichneter. Die Erzählung habe doch schon einen Wert an sich. «Deshalb spielt es für mich auch keine Rolle, ob Jesus überhaupt jemals gelebt hat oder nicht.» Wichtig sei die Botschaft des Evangeliums, nicht der historische Wahrheitsgehalt.

David wusste, dass er sich verrannt hatte und ärgerte sich zugleich über Lorenas verständnisvolle Toleranz. Damit riskierte sie nichts. Er hingegen hatte sich exponiert, indem er gestand, das Unglaubliche zu glauben. In seinem Kopf wütete das Durcheinander. Die Vorstellung, Lorena zu heiraten, mit ihr Kinder zu haben, hatte in den letzten Monaten an Unvorstellbarkeit verloren. Manchmal dachte er sich sie beide als Eltern. Es war ein neues, aufregendes Gefühl. Mit den eigenen Kindern wollte er einmal beten, ihnen die biblischen Geschichten erzählen mit der Selbstverständlichkeit, wie es seine Eltern getan hatten. Dieser Gedanke sass nun plötzlich in seinem Kopf. Aber wenn sein Glaube offensichtlich so leicht zu erschüttern war, wie konnte er ihn dann weitergeben? Würde er mit Lorena einmal darum streiten müssen, die Kinder taufen zu lassen, sie in den kirchlichen Unterricht zu schicken? Er wusste nicht mehr, ob er seinen Glauben gegen die grassierende Gleichgültigkeit behaupten konnte.

Bereits an Kinder zu denken, war verwegen genug. Die Liebe zu Lorena aufs Spiel zu setzen, nur weil sie in seinen Augen nicht fromm genug war, nur noch absurd. Ohnehin fühlte sich David längst, als stehe er mit dem Rücken zur Wand. Als glaubte er nicht mehr, was er da über die Bibel erzählte, und plappere aus Nostalgie und Sentimentalität einen angezogenen Glauben nach. Wenn er für seinen Glauben keine Argumente fand, was war er dann noch wert? Eine zähflüssige Zerstörungslust breitete sich in seinen

Gedanken aus. Nicht nur sein Glaube kam ihm lächerlich vor. Vielleicht war er ja wirklich ein naiver Träumer. Und die Liebe liess sich bestimmt auch biologisch erklären und würde mit den Jahren nur noch eine Willenssache oder Illusion.

David verstummte. Und staunte insgeheim über seine Empfindlichkeit, die Beweis genug war, dass ihn sein Glaube nicht losliess. Die Kirchenlieder, die Gebete, die biblischen Geschichten würden ihn immer auf diese schwer beschreibbare Weise jenseits der Sprache berühren. Dass ihn dieses Gefühl einmal verlassen sollte, war schwer unvorstellbar. Die Distanz zu Lorena und seine unsinnige Aggressivität verhinderten, dass er aus der aufsteigenden Gewissheit jetzt noch Kraft schöpfen konnte.

Sie gingen lange schweigend nebeneinanderher. Dann warfen sie sich nur noch gegenseitig vor, die Stimmung vermiest zu haben und diskussionsunfähig zu sein. David nervte sich an der Art, wie sie redete, wie vorschnell sie seine Halbsätze interpretierte.

David kann bereits den Bahnhof erkennen. Er geht schneller. Aus kleinsten Differenzen Funken für eine leidenschaftliche Diskussion zu schlagen, die dann oft im Streit mündete, die Kunst beherrschten sie beide. Meistens konnten sie darüber lachen und sich schnell wieder versöhnen.

Auf den letzten Metern wartete David nur noch darauf, dass sie den ersten Schritt macht. Mitten in der Wut, die er als Klaustrophobie unter freiem Himmel spürte, wünschte er sich, dass Lorena einfach stehen bleiben, ihn in den Arm nehmen würde. Doch selbst als sie in der Standseilbahn auf die Abfahrt warteten, schien sie jede Berührung zu vermeiden. Er tat das Gleiche. Aus Angst, abgewiesen zu werden. Oder weil eine Umarmung das Eingeständnis gewesen wäre, wie dumm und nichtig der Streit gewesen war. Sie vermieden jeden Augenkontakt. Dann sagte sie leise, sie habe keine Lust, sich von ihm missionieren zu lassen.

David erreicht den Bahnhof Luchsingen. Es ist bereits dunkel. Er setzt sich auf die grüne Holzbank und wartet. Er hat Glück. In zehn Minuten kommt der Zug. Er überlegt, ob er Lorena anrufen soll. Sich entschuldigen. Doch er kennt diese Telefongespräche nur zu gut. Zuerst sagt er, dass es ihm leid tue, um sich dann doch zu rechtfertigen, und schon kehrt der Streit zurück. Es ist besser, Zeit verstreichen zu lassen. Und doch weiss er, dass er schlecht schlafen wird. Er will die Versöhnung und hat doch Angst, dass heute etwas zerbrochen ist. Offensichtlich braucht es wenig, und Liebende sind sich fremd. Der Zug fährt ein. David setzt sich in den leeren Wagen. Sein Handy piept.

«Ist es mit der Liebe nicht wie mit dem leeren Grab? Ein blinder Fleck, der umso heller leuchtet. Ein Wagnis. Bist du dabei? Kuss, L.»

David schliesst die Augen. Er fährt zu Lorena. Nach Hause.

AUTORINNEN UND AUTOREN

LINARD BARDILL, 1956 in Chur geboren, wohnt in Scharans (GR). Bardill ist Theologe und Vater von 5 Kindern, eines von ihnen mit Downsyndrom. Bardill ist «Liederer, Geschichtenerzähler, Autor und Musiker». Er erhielt 1989 den deutschen Kleinkunstpreis und den Salzburger Stier und mehrfach den Preis der deutschen Schallplattenkritik. 1997 erschien seine erste Kinder-CD «Luege, was der Mond so macht». Literarisch hat sich Bardill als Romanautor, Lyriker und Essayist einen Namen gemacht. Aktuell ist er Geschäftsführer des WorldEthicForums in Pontresina. Mehr Infos unter: www.bardill.ch

ANDREW BOND, 1965, Kindheit in DR Kongo, Nordengland und seit dem 12. Lebensjahr in Wädenswil, Zürich zuhause. Intensive Jugendarbeit und Jugendhausleitung im Cevi. Theologiestudium in Zürich. 17 Jahre Oberstufenlehrer für Religion und Musik. Heute Kinderlieder- und Musicalmacher. Ehrendoktortitel in Theologie, Uni Basel. Mehr Infos unter: www.andrewbond.ch

MATTHIAS KRIEG, 1955, Männedorf, Vater eines Sohns und einer Tochter; seit 2000 wieder Single. Studium der Evangelischen Theologie, Germanistik und Kunstgeschichte in Tübingen und Zürich; Promotionen über Nelly Sachs und Todesmetaphorik in Zürich; Privatdozent für Altes Testament in Zürich; seit 1988 in leitender Stellung bei den Gesamtkirchlichen Diensten der Reformierten Kirche Zürich; zuletzt Theologischer Sekretär des Kirchenrats. Viele Publikationen im wissenschaftlichen, erwachsenenbildnerischen und kirchensoziologischen Bereich; private belletristische Projekte; reise- und fotografierlustig.

ACHIM KUHN, 1963, verheiratet, drei Söhne. Seit 2014 evang.-ref. Pfarrer in Männedorf. Zuvor Dekan der Zürcher Landeskirche im Bezirk Horgen und Pfarrer in Adliswil (seit 1999) – und seit 1991 Pfarrer in Zizers (GR). Studium der Theologie in Tübingen, Zürich und Genf. Zusatzausbildungen in Leadership, PR/Kommunikation, am Ökumenischen Institut des ÖRK in Bossey, bei SCUPE in Chicago sowie in Journalismus und in Fundraising. Autor bzw. Herausgeber diverser Publikationen (z. T. zusammen mit seiner Frau): 3 Anthologien zu Lebensfragen; 2 Musicals; 3 Kriminalromane zu ethischen bzw. gesellschaftspolitischen Themen; sowie Hrsg. des Weihnachtsgeschichtenbuches «Schöne Bescherung». Er schreibt sowohl für den Schweizer Evangelischen Kalender «täglich mit Gott» als auch für das deutsche ökumenische «Mit der Bibel durch das Jahr». Theater, Kino, Sport, lesen, schreiben, etwas Saxophon-Spielen u.a.m. sind seine Hobbies. Mehr Infos unter: www.achim-kuhn.ch

THALA THERES LINDER, 1980, wuchs am Zürichsee auf, lebte und wirkte dort bis 2014. Zurzeit lebt sie in Solothurn und ist Pfarrerin an der Stadtkirche. Studium der Theologie in Zürich, Bern und Basel, Weiterbildung zur Yogalehrerin, Bewegungspädagogin der Franklin Methode und Masterstudiengang an der ZHAW in Coaching, Supervision und Organisationsberatung. Schreibt für den aufbruch und verfasst jedes Jahr zwei Seiten für «Täglich mit Gott». Bisher schrieb sie ihre Kurzgeschichten für FreundInnen und Bekannte und gewann in sehr jungen Jahren den 1.Preis für die beste Kurzgeschichte im SPICK. Weder Hauptpreis – ein Teddybär – noch Geschichte – handgeschrieben – haben die vielen Umzüge überlebt.

CATHERINE MCMILLAN HAUEIS, 1961, wohnt in Schwerzenbach, verheiratet, vier Kinder und drei Enkel. In Schottland geboren, in den USA aufgewachsen. Studium: Zuerst Englisch in Davidson, NC und Montpellier (BA), dann Theologie in Strasbourg, Heidelberg, Tübingen und Richmond, Va. (MA). Pfarrerin im Bezirk Konstanz, in Brunnadern SG und in Dübendorf-Schwerzenbach ZH. Sabbatical in Glasgow, CAS Theological Education. Ausbildungspfarrerin. Sprecherin «Wort zum Sonntag» 2016–2018. Reformationsbotschafterin der Zürcher Landeskirche von 2016–2019. Fachmitarbeiterin für Internationale Beziehungen im Bereich Beziehungen und Ökumene der Evang.-ref. Landeskirche des Kantons Zürich. Mitarbeiterin an Projekten der Weltgemeinschaft Reformierter Kirchen und des Reformierten Bundes in Deutschland. Hobbies: Singen, Querflöte, Wandern und Reisen.

HANS-RUDOLF MERZ, 1942, verwitwet, drei erwachsene Söhne, wohnhaft in Herisau. Nach dem Studium mit Doktorat an der HSG St. Gallen berufliche Tätigkeit als Berater für Unternehmensentwicklung in Europa, Südamerika und USA. Mitglied und Präsident mehrerer Schweizer Verwaltungsräte mit Schwergewicht Versicherung und Bank. Politische Laufbahn als Ständerat des Kantons Appenzell/AR und von 2003 bis 2010 als Bundesrat und Vorsteher des Eidgenössischen Finanzdepartements. Heute ehrenamtlicher Präsident der Schweizer Patenschaft für Berggemeinden.

KLAUS MERZ, 1945, lebt, unterbrochen durch längere Auslandaufenthalte, seit langem als freier Schriftsteller in Unterkulm / Schweiz. Seine Werke wurden vielfach übersetzt und ausgezeichnet, u.a. mit dem Solothurner Literaturpreis, dem Hermann Hesse-, dem Gottfried Keller- und dem Friedrich Hölderlin- Preis. Zuletzt erschienen von ihm seine Werkausgabe in 7 Bänden und «firma», Prosa / Gedichte. Die für diesen Band leicht überarbeitete Fassung des Texts ist zu finden im Band Nr. 5 der Werkausgabe «Der Mann mit der Tür oder Vom Nutzen des Unnützen», © Haymon Verlag 2013

ADOLF MUSCHG, 1934 in Zollikon bei Zürich geboren, studierte Germanistik und Anglistik in Zürich und Cambridge und lehrte an Universitäten in Tokyo, Göttingen, Ithaca N.Y. und Genf. Vom 1970 bis 1999 war er Professor für Deutsche Sprache und Literatur an der ETH Zürich. Für sein umfangreiches schriftstellerisches Werk wurde er u.a. mit dem Hermann-Hesse-Preis, dem Georg-Büchner-Preis und dem Grand Prix Literatur der Schweiz geehrt. 2003 bis 2006 war er Präsident der Akademie der Künste in Berlin. Seine letzten Romane: «Der weisse Freitag» und «Heimkehr nach Fukushima» sowie – kürzlich erschienen – «Aberleben».

BARBARA OBERHOLZER, 1961, wohnhaft in Zürich, verheiratet, zwei erwachsene Kinder und eine Katze. Studium der Germanistik, englischen Literatur und Psychologie lic.phil. I in Zürich; anschliessend Theologiestudium. CAS in Spiritual Care. Seit 2000 Pfarrerin im Universitätsspital Zürich und seit 2020 Co-Dekanin des Zürcher Pfarrkapitels. Mitglied beim Trägerverein reformiert, Bloggerin, aktiv auf Social Media. Fasziniert von Transzendenzerleben und nicht-religiöser Spiritualität; Lebensgeschichten, Emotionen, menschliches Innenleben findet sie spannend ohne Ende. Mag Bücher, Filme, Natur, Fotografieren. Das karge Bleniotal im Tessin ist neben Zürich ihre zweite Heimat.

MICHELLE DE OLIVEIRA, 1985, in Zug geboren und aufgewachsen. Nach einer Lehre als Polygrafin machte sie an der Hamburger «Texterschmiede» eine Ausbildung zur Werbetexterin. Beim Verlag «Gruner + Jahr» lernte sie das Aufspüren von Geschichten und schliesslich am MAZ in Luzern sowie im Volontariat bei der «Schweizer Familie» das journalistische Handwerk. Das Geschichtenerzählen ist seit ihrer Kindheit ihre Leidenschaft. Ihre erste Kurzgeschichte veröffentlichte sie 1999 im «Klub der jungen Dichter» in der «Neuen Luzerner Zeitung». Heute ist sie freie Journalistin, Autorin und arbeitet als Textcoach mit Menschen auf Stellensuche. Sie lebt mit ihrem Mann und ihren zwei Kindern in Zürich und Portugal.

FELIX REICH, 1977, wohnt mit seiner Frau und seinen drei Töchtern in Zürich. Er ist in Marthalen und Winterthur aufgewachsen und seit 2012 Redaktionsleiter der Zeitung reformiert. in Zürich. Zuvor arbeitete er bei der Tageszeitung Der Landbote, zuletzt als Bundleiter Stadt Winterthur und Kultur. Er studierte Germanistik, Allgemeine Geschichte und Vergleichende Literaturwissenschaften in Zürich und Berlin. Felix Reich ist Mitglied des Patronatskomitees des Sozialwerks Pfarrer Sieber und Stürmer beim FC Religionen und schreibt für die Bolderntexte.

CHRISTOPH SIGRIST, 1963, verheiratet, zwei Söhne. Er absolvierte sein Theologiestudium in Zürich, Tübingen und Berlin. Dissertation zum Thema Diakonie, Ethik und diakonische Basisgruppen in Kirchen. Pfarrer in Stein SG (1989–1995), an der Stadtkirche St. Laurenzen in St. Gallen (1995–2002) und initiierte das Citykirchen-Projekt «Offene Kirche St. Leonhard». Anschliessend Stelle für Gemeindediakonie bei den Gesamtkirchlichen Diensten der evangelisch-reformierten Landeskirche (2002–2008). Seit 2003 ist er Pfarrer am Grossmünster. Seit 1999 mit einem Lehrauftrag, ab 2009 als Dozent nimmt er Lehre und Forschung in der Diakoniewissenschaft an der theologischen Fakultät der Universität Bern wahr. 2014 Habilitation mit der Studie «Kirche Diakonie Raum. Untersuchungen zur diakonischen Nutzung von Kirchenräumen». Seit 2014 Privatdozent, seit August 2018 Titularprofessor für Diakoniewissenschaft an der theologischen Fakultät der Universität Bern. Armeeseelsorger in der Schweizer Armee (1990–2014). Mitglied in diversen diakonischen Stiftungen und in übergemeindlichen Gremien, so zum Beispiel im Stiftungsrat des Hilfswerkes der Evangelischen Kirchen der Schweiz (HEKS). Parlamentspräsident des Zürcher Spendenparlaments, Präsident des Zürcher Forums der Religionen (ZFR), der Gesellschaft Minderheiten der Schweiz (GMS) sowie des zürcherisch-aargauischen Stipendienvereins für Theologiestudierende, Mitglied der Eidgenössischen Kommission für Migration (EKM). Von 2016–2019 als Botschafter der evangelisch reformierten Kirche des Kantons Zürich für das Gedenken «500 Jahre Reformation» tätig.

MONIKA STOCKER, 1948, ist dipl. Sozialarbeiterin, dipl. Erwachsenenbildnerin und hat einen Master in Angewandter Ethik. Sie hat einen Fähigkeitsausweis Fachjournalismus des MAZ. Sie arbeitete in verschiedenen Feldern der Sozialen Arbeit, dozierte an verschiedenen Ausbildungsstätten und war von 1987–1991 Nationalrätin und von 1994–1908 Stadträtin von Zürich. Sie leitete das Sozialdepartement. Heute führt Monika Stocker ein Atelier für strategische Beratung und Coaching. Sie ist Autorin mehrerer Bücher und gern unterwegs mit Lesungen. Sie ist verheiratet, Mutter von zwei erwachsenen Kindern und zwei Enkelkindern und engagiert in der Grossmütter(R)evolution. Der Text in diesem Band stammt aus «Nun muss ich Sie doch ansprechen», Zürcher Stadtmeditationen, © Theologischer Verlag Zürich 2014, S. 40.

ESTHER STRAUB, 1970, wohnt mit Mann, drei Kindern und einer Katze in Zürich. Sie hat in Zürich und Paris Theologie studiert und mit einer Arbeit über das Johannesevangelium promoviert. Als gewählte Pfarrerin der Kirchgemeinde Zürich arbeitet sie im Norden der Stadt und bastelt gerne Kirchturmmodelle, deren Dächer in den Himmel fliegen. Als Kirchenrätin der Reformierten Landeskirche betreut sie das Ressort «Kirche und Gesellschaft», und als Kantonsrätin der SP nimmt sie in der Kommission für Soziale Sicherheit und Gesundheit Einsitz. Streichquartett und Garten bringen sie auf andere Gedanken.

SUSANNE-MARIE WRAGE, 1965, ihr Schauspielstudium absolvierte sie in Berlin und trat mit 22 ihr Elevenengagement am Schillertheater Berlin an. Seit 1993 lebt und arbeitet sie in der Schweiz, zunächst am Theater am Neumarkt in der Ära Hesse/Müller, dann im Theater Basel bei Stefan Bachmann und bis 2019 am Schauspielhaus Zürich unter Barbara Frey. Susanne-Marie Wrage spielte in zahlreichen Kino-Filmen die Hauptrolle, so in «Das Verlangen» von Iain Dilthey, in «Der Kick» von Andres Veiel und in «Nachbeben» von Stina Werenfels. Sie wurde mit zahlreichen nationalen und internationalen Preisen ausgezeichnet, unter anderem mit dem Züricher Kunstpreis (Theater Neumarkt), dem Goldenen Leoparden (bester Film «Das Verlangen» von Iain Dilthey) und dem Prix Mlle. Ladubay, den sie für die Rolle der «Lena» in «Das Verlangen» aus der Hand von Jeanne Moreau entgegen nehmen durfte. Neben ihrer Arbeit als Schauspielerin ist sie immer wieder als Regisseurin und Autorin tätig.

TILMANN ZUBER, 1960, verheiratet und zwei Kinder, Pfarrer und Journalist BR. Er studierte in Zürich Theologie und absolvierte die Journalisten-Ausbildung am MAZ in Luzern. Er schrieb für die verschiedensten Zeitungen und Mediendienste, bevor er als leitender Redaktor zum Zürcher Kirchenboten ging. Seit 2002 ist er Chefredaktor des Interkantonalen Kirchenboten.

ILLUSTRATORIN
Johanne Müller, Jahrgang 1997, ist Studentin im Master Kunstpädagogik an der ZHdK.